filme mudo

com música incidental

Porto de Idéias
EDITORA

FRANCO

o Paulo, 2011

FILME MUDO - Com Música Incidental
Franco

EDITOR Sebastião Haroldo de Freitas Corrêa Porto

PROJETO GRÁFICO Otávio Oliveira Silva

CAPA Marcelo Maranhão

REVISÃO Silvana Pereira de Oliveira

ILUSTRAÇÃO DA CAPA Aline Dantas

Dados Internacionais de Catalogação na Publicação (CIP)
(Câmara Brasileira do Livro, SP, Brasil)

Franco
Filme mudo : com música incidental / Franco. --
São Paulo : Porto de Idéias, 2011.

ISBN 978-85-8061-002-4

1. Ficção brasileira I. Título.

11-02696 CDD-869.93

Índices para catálogo sistemático:
1. Ficção : Literatura brasileira 869.93

EDITORA PORTO DE IDÉIAS LTDA.
Rua Pirapora, 287 – Vila Mariana
São Paulo – SP – 04008.060
Tel. (11) 3884-3814 – Fax (11) 3884-5426
portodeideias@portodeideias.com.br
www.portodeideias.com.br
twitter.com/portodeideias

A chama da vela resiste a ventanias.
Combalida, desfigura-a mínimo sopro.
Descreve desorientada e dolorosa contradança.
Fustiga-se, até que estanca, um pavio incandescente.
Poente.
Mas insensata incendeia novamente
Retomando seu balé trágico.
Valente.

A ADRI

Capítulo 1

O FAROL

Ninguém se suicida sexta-feira à noite.
Reconfortam as perspectivas do sábado.

Meu relógio ainda rodava o outro fuso. Dobrei a primeira esquina, das várias seguintes. De pronto, hesitei diante da sinalização das ruas. Suas placas de metal pendulavam em fios de arame cujas hastes de sustentação pareciam-me invisíveis. Intraduzíveis os grifos em néon. Não me atrevi desvendá-los. Ambulava então feito cego, mas a passos largos. Incomodava-me a intensa iluminação amarelo-opaca. Feixes compactos que brotavam do chão como holofotes. Circunscrevendo torres fantasmagóricas. Protegia vistas com os dedos, desejoso de óculos escuros em plena madrugada. As ruelas alastravam-se idênticas, bifurcando-me. Apressei-me, embora não houvesse um encontro marcado. Mas o pressentimento de que jamais a reencontraria por acaso.

É sonho. *Faço parte da plateia, exígua. Estamos dispostos em círculo estreito, assentos desconfortáveis. E eis que se materializa o compositor ressuscitado. Suas feições repetem traços de seus últimos anos de vida. Acomoda-se à vontade entre nós e, contrariando-nos expectativa, não verga qualquer instrumento musical. Apoia-se sobre uma prancheta de desenhista deleitando-se com papel e lápis preto. Ali, com mãos firmes, rabisca retas perfeitas, paralelas. Sorri-nos maroto e, então, fantasticamente, seus dedos passam a acariciar as cordas estilizadas, uma harpa feita de tinta! Somos brindados com acordes impossíveis, avolumam as mais inverossímeis melodias, desafiando todas as propriedades físicas da música. Hipnotizados, seguimos as falanges daquele homem. Que toca sereno como a eternidade. Excito-me a ponto de me confundir com as soluções harmônicas que ele extrai de uma prancha de arquiteto, minha alma emaranhada naquelas ondas sonoras. A música absoluta. O concerto é interrompido. Intervalo. Nós, discípulos extasiados, sequer ousamos deixar o salão para fumar um cigarro ou usar o toalete. Também não compartilhamos impressões sobre o momento mágico que vivenciamos. Cada qual entronizado em seu delírio particular.*

Mas o espetáculo custa a ser retomado. E, repentinamente, irrompem pelas duas portas laterais centenas de novos espectadores. Chegam afoitos, arfantes, atraídos tanto pela admiração à obra quanto pela novidade da ressurreição de um morto. Sinto-me sufocado. Uma revolta abafada ameaça eclodir dentro de mim. Mas me resigno, respeitando o milagre ou a inevitabilidade da profanação. O compositor ressurge sob aplausos ensurdecedores, olhares atônitos, gritos de glória ao Senhor. Mas agora traz o semblante empalidecido, caminha com dificuldade, é quase um defunto de novo. Despenca numa poltrona apartada de todos. Sua voz reduzida a um fio limita-se a entoar soluçante uma de suas canções mais populares. O imenso público ressoa os mesmos versos, sobrepondo-lhe o canto, emocionado ou aflito. Flagro o compositor decompondo-se, acuado, indefeso, já incapaz de prolongar sua permanência no mundo dos vivos. Engrosso o canto acompanhando o coro. Também me contorço acuado e indefeso. Mas diferentemente do espectro, não me descortina a solução de sua alentadora fuga.

Sonho que me perseguia, reincidente. Assombrava-me quando eu mais desprevenido. Às vezes na parada de trólebus, escovando dentes antes de me recolher, entre encerramento da sessão de cinema, abertura da seguinte. Exigia-me talvez uma interpretação. Passei a conviver com sua latência, seu inconformismo, ancião que acompanha um jovem rebelde. Reprisava-me agora enquanto caminhava por terra estrangeira. Comigo apenas saco plástico, desses de supermercado, onde ia livro de uma autora mediana. Cantarolava mentalmente cantiga que me redescobriu, trilha de documentário, desmistificava lendas de marujos.

As ruas ora desembocavam em duas, formando V, ora em três, desencadeando tridentes, ou até quatro, feito dedos da mão, excetuado o opositor. Sem qualquer lógica aparente. Um mapa ou visão aérea remeteria a um labirinto. Andava rente ao passeio, mas pela via dos autos. Calçadas suspensas a nível desmedido me provocariam vertigens. Altura da sarjeta batendo meus joelhos. Inexistência de degraus que permitissem aos transeuntes atravessá-las. Concebi cidadãos desta terra incrivelmente altos, pernas longas o bastante para superar tamanhos abismos. Ia cabeça baixa, conferindo cada encaixe perfeito das lajotas dodecagonais. Veículos raros. Passavam por mim velocidade reduzida, como que para admirar um anão. Não me apeteceu parar qualquer um deles, pedir informações. Confiava em meu faro, ele na brisa do mar, me levariam ao porto.

Da janela do avião deduzira a estiva. Ali, onde pontinhos brilhantes intrometiam-se na mancha escura, provável ancoradouro. Cuidei para que não me escapasse sua direção ao longo de todo procedimento de pouso. Calculei grosseiramente sua distância da pista onde aterrizamos, estimando alcançá-la numa pernada. Lua crescente refletindo o mar enegrecido. Dispersivo, nem ouvi aeromoça solicitando-me que apertasse cintos. Cutucou-me a senhora, dividia comigo fileira de assentos, e era idêntica à matriarca de uma saga familiar, cartaz do Cinemeiro, atazanara imortais gerações defendendo o sobrenome de suas propriedades e, quando enfim expirou, tataranetos fizeram questão de cremá-la atirando-lhe as cinzas no oceano, para que afinal a terra pudesse descansar – emendando algum impropério em língua desconhecida.

Tão desorientado, atrapalharam-me as tiras, novos desagravos da velha, tentei me desculpar com mímicas estabanadas. A aeromoça estática – por analogia, cairia bem no papel da tataraneta vingativa – observava-me com ponta de reprovação, enfadada. Desta forma, somente consegui amarrar-me à poltrona quando o avião já taxiava. Assim foi que também perdi o envelope prateado. Guardava um endereço. Possivelmente deslizara do bolso da calça, por entre meus malabarismos burlescos.

Punhado de letras, muita consoante, palavra impronunciável. Vírgula e dois números, barra mais dois ou três algarismos. Aquele país. Ponto final. Nem a assinatura dela. Não dizia muito, mas tudo o que eu tinha. Escorreu-me.

Finalmente, os nós das vielas cederam, alcancei a avenida beira-mar. Contrastava-lhes radicalmente por sua amplidão. Canteiro central sem arbustos ou ferros secionava as duas pistas. Cada qual contabilizando doze faixas. Senhor obstáculo. Pernas bambas, mirei o outro lado com obstinação. Então as transpus, um só fôlego, apavorado, embora ermas. Freei trombando contra mureta oposta, fronteira da orla. Demorei a divisá-la, arfava em demasia. Meu coração disparado se aquietou somente quando revi o brilho da lua na marola. Sorri por dentro. Minha terra natal também litorânea. Senti-me acolhido.

Dias antes, insólito pensar meter-me por plagas tão remotas. Na véspera, atônito diante de envelope que imaginara perdido, implausível ainda arroubo como aquele. Há dez horas, bilhete aéreo em mãos para país que mal saberia apontar no Atlas, duvidava de coragem que me embarcasse. Eis-me ali.

Margeei pela esquerda, conduziu-me de fato ao cais. Iluminação saturada. Dos faroletes, barcaças, letreiros de edificações arrojadas, cintilâncias refletindo pilhas de contêineres, paramentados silos, desengonçados guindastes. Concorrência predatória a um fio de lua. Quisera acessar cada interruptor. *Fiat lux* às avessas. Molestado, notei estrutura de ferro eclipsada, provavelmente entulho do que fora mirante, impondo-se cerca de dez metros do solo. Motivei-me explorá-lo, afã de me refugiar daquela claridade toda. Aços carcomidos pela maresia, talvez abandonado há décadas. Logrou-me escadinha muito estreita, exigia certa habilidade na escalada. Vacilei por instantes, mas sua estrutura de metal pareceu-me tão íntegra, espinha de sucata contraponto a tantas parafernálias modernas. Pronta para receber sentimentos meus também deslocados.

Subi com dificuldade e cautela. E conquistar seu cume deixou-me contente. A ponto de abrir o livro que trazia na sacola e lhe dedicar versos da página dezenove, que li e reli em tom solene, embora o conteúdo um despropósito. E então me assustaram aplausos: bravo! Nem o mais criativo roteirista conceberia discurso suicida tão descabido e sem nexo. E se refestelou prolongando palmas. Fechei o livro atabalhoado, quase o derrubei da torre.

— Desculpe, não pretendia intimidá-lo. Nem interromper sua ladainha testamental. Mas, convenhamos, o texto escolhido é tão inusitado, não consegui me conter. Acalme-se. Sente-se aqui ao meu lado. Sou um anjo da morte bastante descolada. Veja. Uso brinco no nariz. Trouxe um espumante para brindarmos o fim de sua existência com elegância e verve. Trajo negro, mas em vez de foice carrego champanhe! Viu como não somos tão assustadores quanto alardeiam? E, sem intenção de me gabar, não me assemelho propriamente a uma caveira, concorda? Você me desafiaria, partida de xadrez, a vida ou uma noite comigo? Indiferente, claro, ganhando ou perdendo eu é que acabaria devorando-o!

Eu reticente, ela de cócoras, bem próxima ao vão da escada.

— Mas se não lhe agradar meu convite, ou seu ímpeto suicida for inadiável, vou lhe presentear com dicas preciosas. Cano de contenção atrás de si, o mais enferrujado. Se forçá-lo perceberá que está solto. Um empecilho a menos. E agora o mais relevante. A queda a partir desta trajetória encontrará fenda profunda nas pedras da rebentação, bastando-lhe leve impulso para que coincidam. Estivadores chamam-na buraco negro. O que faz desta torre mal-assombrada, seu trampolim. Tantos folclores de marinheiros que daqui saltaram, amores perdidos, lancinantes desterros. Recorrente me posto cá, sentinela embalando suas almas. Quando inspirada, angario-lhes novas companhias.

Não me atrevi olhar abaixo, até porque breu na base da torre. Aceitei, pois, sua gentileza. Passamos a dividir piso de latão, ombro a ombro. Empunhando copinhos plásticos, serviu-me desculpando-se por taças tão inapropriadas. Bonita, ainda jovem. Tirou sua máscara fúnebre e me conduziu por outras fantasias.

— Pareço prostituta? Para você faz diferença? A maioria sonha perversões com moças decentes, virginais. Pagar-lhes por isso não lhe quebra o encanto. Afinal, grandes conquistas sempre consomem dinheiro. E para a mente masculina tem resultado idêntico aparatar um exército ou subornar o alvo. Nessa batalha aprendemos a combater, mas também barganhar. Abrir mão de um território estéril para preservar valores morais mais caros. Hoje desfilo nesta terra de ninguém. Por isso desnecessárias botas, basta-me este salto discreto. Meias de náilon grossas, só sugerem pernas. Vestido com barra na altura exata para chamar atenção, mas evitar que se torçam pescoços quando cruzam por mim as tropas. Nada de decotes. Mangas compridas. Até cachecol resguardando-me a nuca. Algumas feminices, claro. Gorro de lã para combinar. Maquiagem sutil. Único anel no dedo, neste aqui, o médio, de prata, normalzinho.

— Às vezes cedo fácil a uma abordagem cafajeste. Ou desdenho ríspido um galanteio elaborado. Numa guerra não há regras. Fronteiras mudam de lugar toda hora; agora o dorso da mão, depois meus joelhos, além os lábios. Quanto custa uma rendição? Nota de dez para sua língua avançar por meu pescoço? Outra de cem, invadir-me calcinha, dedos ousados? Quantas dessas em troca de indecências maiores? Nunca sei quem é inimigo ou aliado. Na intimidade são tão parecidos. E nos raros períodos de paz, quando enfim temos tempo para chorar mortos e feridos, curar cicatrizes, narrar nossos feitos em praça pública, sinto uma necessidade incontrolável de me enveredar por outros conflitos. Não em busca de novas aventuras, mas para esquecer as que ficaram pra trás.

Convivemos ali poucas horas. Entre goles, ela encarnou outras personagens, embaralhando-me passados incongruentes. Representou-se poeta, louca, mãe, cartomante. Difícil reconstituí-las. Até porque me perdi certa altura entretido com minúcias suas e minhas. Forçando um descabido cotejamento.

Quanto às dela, deleite rastrear o movediço corte entre a manga do vestido e seu punho. Mantinha braço suspendido, elevando a taça plástica, facilitando-me a intrusão. A despeito da pudica meia-luz. Garimpei-lhe, inclusive, esparsos pelos loiros, quase transparentes. Que escapavam dos panos para respirar, qual exibida flor noturna. Seu pulso delicado, meus dedos o envolveriam totalmente, com folga. O ossinho no fim do antebraço quase imperceptível, um sombreado. Insurgia-se, acidente ósseo em traçado tão clássico. Arrepiei quando ela estendeu o braço, descuidando que o cetim escorresse, revelando uma pinta muito negra, de contorno perfeito, lado anterior, na rota de sua linha da vida. Faltou-me ousadia, interromper-lhe, pedir permissão para examinar amiúde aquele sinal. Seu relevo suave. Imprevidente, então encarei minhas próprias mãos enrugadas. A destra embalando infantilmente o copinho, a outra enfurnada no bolso de um sobretudo manchado de café. Rachadas unhas, veias saltadas. Nenhuma marca especial, quaisquer sinais. Exceto aqueles esculpidos pelo tempo.

Enquanto poeta recitou-me versos de memória. — Ouviria um poema? É bem curtinho. *Nau que se perdeu/ Solta no mar/ A imensidão/ E a sensação/ De sempre um mesmo lugar/ Já lancei mão/ De minha história/ De meus emblemas/ E meus poemas, tranquei-os num cais ao partir/ Em cartas que eu nunca escrevi/ Mesmo assim/ Guardo um mar/ Em minhas mãos/ E a impressão/ De que um dia vou me encontrar/ Só/ A impressão/ De que um dia vou me encontrar.* Gostou? Se quiser, empresto-lhe. Rechreariam melhor sua récita de adeus. São de autoria do meu primeiro amor. Encontrei-os escondidos, letra de forma tremida, fundo de gaveta. Surpreenderam-me.

— Até então, impensável ela dedicada a esse tipo de coisa. Do tipo durona, falava o que pensava, fumava maconha, se lixava para a boca miúda. Posicionava-se politicamente com tanta atitude, coerente, que me pirava. Líder nata. Sua cabeça raspada respaldava qualquer decisão do movimento estudantil. Não era tão forte assim, muito disfarce, eu que jovem demais para sacar. Escudava-se atrás de opinião formada para tudo. O imperativo da transgressão, romper com padrões sociais. A alienação da beleza, dispensáveis cabelo e arte. Censurava-me por meu apego à música. Decepcionei-lhe tanto quando contei que eu fora aprovada no Conservatório. Quase o larguei por ela. Nossa relação foi forte e tortuosa como suas opiniões. Não resistiram muito tempo à intimidade tanta contradição e fraquezas dela, mas jamais a imaginaria bancando uma poeta quadradona. Certo que a caligrafia entregava efeito das drogas. Mas o que importava é que aquele texto refletia com exatidão seu estado de ânimo. E talvez o meu.

— Terminamos logo depois. Sem trocarmos poemas, como prenunciara. Cada qual errando por mares próprios. Tentei esquecer essas frases, culpada pela violação de um segredo, algo que ela não quis dividir comigo. Mas continuam impregnadas em mim. Mais vívidas que a lembrança do tempo que passamos juntas ou imagem que guardo dela. Às vezes procuro recordar-lhe os olhos verdes e uma nuvem destes versos os embaçam. Esforço-me para reconstituir seu abraço e é essa poesia que me enlaça. Não deixa de ser irônico. Uma paixão inteira reduzida a um punhado de versos banais.

Permitiu-se pausa incômoda. Que me tornou invisível. Nesta névoa, procurava perguntas para ela. Cerrei os olhos, vasculhei filmes antigos, eu um arquivista relapso. E o tempo faz uma bagunça danada nos sentimentos. Minha cabeça doía, seria o fuso. Voltei à tona, resignado com meu silêncio. Ela também desencantou, covinhas na bochecha: provoquei sono em você; prometo ser menos poética. E assim se entregou à loucura.

— Passei alguns meses em uma casa de repouso. Ambiente que não chegava a ser repulsivo. Dividia quarto com outras três pacientes. Dois beliches separados por vão estreito, pelo qual mal passariam simultaneamente duas de nós. Havia a velha de cabelos embranquecidos e desgrenhados. As demais nem tanto clichê. Uma encorpada, meia-idade, negra, cabelos ralos, impecável ao se vestir. Camisolões sempre passados, vincos cuidadosos, espalhava olor de sabão em pó. Outra bem jovem, mais que eu, angelical debaixo dos cachinhos loiros. Ficávamos trancadas a maior parte do dia, exceção aos períodos para banho e as três refeições. E meia hora durante a tarde, em que nos era permitido arder ao sol, em pátio do tamanho de quadra de tênis, muros defendidos por cacos de vidro.

— A convivência era relativamente harmoniosa. As internas mais velhas pareciam já haver perdido esperanças de reatar laços com o mundo. Entrevadas. Guardo delas somente seus roncos ruidosos que, com o passar dos dias, tornaram-se tão naturais quanto o silêncio. O caso da garota era mais problemático. Rara noite em que não despertava aos berros, sacudindo-se do alto da armação, esmurrando o colchão, raivosa, causando-me paranoia de que em alguma dessas crises se arremessaria de cabeça. As demais reagiam roncando, alegavam vertigem para não trocar de posição no beliche com a novata. Imersas demais em suas próprias desgraças para dar conta de alheias. Invariavelmente, nestes acessos, enfermeiras recolhiam-na, ministrando-lhe algum tratamento sinistro, do qual ela retornava exausta, tiritante e com olheiras pronunciadas.

— Desde o início, tentei me aproximar da menina, compreender seus motivos, e quem sabe os meus. A juventude, avidez que lhe é própria, acabaria nos empurrando para fora dali. Mas não obtive êxito. Ela só escutava, com religiosa atenção. Incontáveis sessões insones, eu pulava confidente para seu leito. Ao som das sinfonias roncantes, reprisei-lhe episódios da minha relação com o pianista, com ninguém antes compartilhados. Do primeiro encontro, quando ele irrompeu endeusado na sala de ensaio de nossa humilde orquestra de cordas, à última noite. Eu nua, ainda coberta de sangue, serpenteando desesperadamente pelo assoalho, quarto da casa de praia, tentando alcançar maçaneta inacessível, a uma altura estonteante, até quem o socorresse. Falhei.

— Poder reconstituir para alguém, repetidas vezes, minha mesma história foi fundamental para que eu a compreendesse. E, consequentemente, achasse a porta de saída daquele manicômio.

— Quanto ao Anjo, chamava-a assim, outro não tinha, nenhum avanço. Embrenhada num passado em branco. Consegui única vez raptá-la dali. Toquei-a nos seios, depois baixo ventre, provocando-lhe efêmero prazer. Ela assustada de início, provavelmente virgem. Mas enfim sorriu-me tão lúcida e espontânea, que lágrimas encheram-me os olhos. E de volta a meu beliche, enfurnada nas cobertas, chorei baixinho a noite toda. Na manhã seguinte, o estado da garota piorara. Ficou dois ou três dias afastada de nós. Temi que sucumbisse, mas retornou exausta, tiritante e com olheiras mais fundas. Cerca de uma semana depois eu recebia meu alvará de soltura. Meu diploma de cidadã sã. Mas nenhuma carta de recomendação do que deveria fazer dali para frente de minha vida.

Na sequência, maternidade. Gestada, pretendida, não prestei devida atenção. Dava-me conta, afinal, quanta semelhança no tique de pender levemente o rosto a cada pausa, entre ela e certa atriz da Companhia. Gesto tão cativante. Bela, nome artístico da outra. Protagonizara três fitas, ótimas bilheterias. Apesar da alcunha, passaria despercebida em qualquer clube privê. Físico apenas razoável, parcimônia de carnes. Seu diferencial, o acanhamento incurável. Que, entretanto, funcionava bem na tela grande, atiçava taras, alçou-a para o grupo das mais bem remuneradas. Saía-se melhor nos enquadramentos orais, lábios volumosos. Mas tão inábil atuando, suas tomadas atingiam realismo ímpar. E filas de espectadores regozijados.

No camarim, ensimesmava-se. Sempre ao espelho, escovando-se autômata. Contorno descendente dos lábios, aspecto de permanente tristeza. Nunca a peguei sorrindo. Nem durante filmagens. O diretor da Companhia ralhava constante com ela, às vezes grosseiro, que expressasse maior vivacidade. Fingisse ao menos breve contentamento, nem que apenas no clímax. Não adiantava. Ela abaixava cabeça, tímida, reocupava o cenário e representava o amor sem conseguir disfarçar que tudo não passava de grande mentira. Resignado, o dono do estúdio deixava a gravação fluir. Até porque pouco interessaria ao respeitável público os verdadeiros sentimentos da atriz.

Acenaram-lhe fama, não quis. Convidada para posar em revista de boa tiragem, recusou. Desmazelada, a barrariam nas festas para as quais era insistentemente convidada e não ia. Mas valorosa, cumpria horários, não impunha condições, nem vetava papéis. Jamais a flagrei chorando, diferentemente de outras atrizes. Trocávamos somente cordialidades. Certa tarde, câmera defeituosa, trabalhos momentaneamente interrompidos, ela envolta em lençol, veio filar-me cigarro. Contou-me, frases emboladas, sua gatinha havia parido, seis ou sete filhotes muito parecidos com a mãe, ela ajudara no parto, nunca se imaginara apta disso, nem para tantas outras coisas na vida. Então emudeceu. Como súbito atinasse do quanto era capaz.

Não voltou daquele silêncio. Nem me atrevi pedir que concluísse a história da gata ou a sua. Filmagens retomadas, atentei que, enquanto ela contracenava com dois atores, mirava fixa a velha faxineira, esta esquecida sobre a vassoura, assistindo indiferente ao ato. O olhar aflitivo de Bela roubando toda cena.

Deixei-lhe botão de rosa em sua penteadeira. Acabou num cesto de lixo. Houve enfim ocasião em que a segui, ao término do expediente. Tomamos mesmo ônibus, acomodei-me bancos atrás, ignorava ela a mim ou minha perseguição. Recorremos ainda a segundo coletivo antes do destino final. Já anoitecera. Sitávamos em bairro classe média. Percorri algumas quadras em seu encalço, distância prudente. Até que chegamos a barzinho de vila. Adentrei-o logo em seguida. Mal havia clientela, decoração despojada, toalhas aberrantes, murais coloridos. Ela desaparecera do salão. Sentei-me. Abri cardápio e corri olhos sem muito interesse. Do balcão, rapaz de cabeleira comprida e voz autoritária gritou nome inusual, pedia pressa, havia cliente na casa. Foi ela quem surgiu afobada, amarrando ainda o laço do avental xadrez.

Não me reconheceu de pronto, absorta folheando talão de pedidos. Ao se deparar comigo, empalideceu. Não a encarei, engalfinhado com meu constrangimento. Escolhi drinque insólito, levava fios de ovos, o primeiro da carta. Registrou nervosa o pedido. Retirou-se desastrada, tropeçando no próprio salto. Não foi mais ela quem me serviu o trago, outra garçonete. Nem o provei, deixei nota maior que o valor da conta sobre a mesa e saí apressado. Nosso derradeiro encontro. Ela não retornou mais à Companhia. Sua quarta fita inacabada, ira do diretor. A moça da torre pendia o pescoço quando pausava e era a outra quem eu revia. Batizei esta Bela também. Afinal, jamais lhe soube outro nome.

E cartomante. — Quer saber sua sorte? Estenda-me a mão. Vejo que todas as linhas sofrem interrupção neste exato instante de sua vida. E que procura por alguém, mas que não sabe exatamente por quem. Boas notícias dos astros. Vai encontrá-la. E se for eu por quem busca? Agora estude a palma de minha mão. Revelam verdades tão similares, não? Afinal, interrompemos respectivas trajetórias para interlúdio nesta torre, buscamos sempre por alguém, deparamo-nos um com o outro neste ínterim. Nossas linhas convergem, portanto. Não se fie tratar-se de embuste, a clarividência de obviedades como esta não é trivial.

— Quanto ao futuro, nossas peles são menos contundentes. Só sei que meu indicador aponta outro país. Para onde partirei sem demora. Omite se retornarei à nossa terra natal. Tampouco me atrai. Demais dedos se agitam, excita-os perspectiva de revisitarem cordas de um cello. Minha bola de cristal projeta memorável concerto em que sou a solista. Ovacionada após impecável apresentação, recebendo orquídeas tão suntuosas no palco. Tempo terá passado, mas conservo alguma jovialidade. Elegante, trajando carmim, corpo que ainda desperta desejo, cabelos muito mais longos. E reflexos no vidro redondo permitem antever que estou novamente feliz. Dedicada à minha arte e recompensada. Há também indícios de que voltei a amar alguém, tento identificá-lo na plateia, aplaudindo-me reciprocamente apaixonado. São apenas estas as revelações que sonho. Mas me bastam. Elas que me alentam. Estou ansiosa para ir ao encontro delas.

Abraçou os próprios joelhos. Pareceu-me que lágrimas a visitaram. A garrafa esvaziara. Tênue avermelhado no horizonte anunciava manhã vindoura. Por fim, valendo-se de sentenças curtas e desbotadas, Bela expôs-me porque ali comigo. Encontrava-se no aeroporto. Fora comprar bilhetes com que deixaria o país. Deixava loja de conveniência, obtivera espumante para comemorar aquisição da passagem, avistou-me desembarcando no saguão. Reconheceu-me. Um ímpeto, resolveu seguir-me. Terminamos naquela torre. Como sabia quem eu era, não importava. Precisava de um favor que lhe aplacasse angústia duradoura. Que eu localizasse o pianista e lhe fizesse chegar um estojo. Simplesmente. E assim ela seguiria seu caminho, mais aliviada. Eu saberia de quem se tratava. O notório pianista cego.

A encomenda, me confiaria no dia seguinte. Estorvo menor transportá-la, quarenta por vinte centímetros, não mais. Nem bagagens eu trazia. Encontraríamo-nos após o almoço. Especificou horário numa papeleta. Um Café ou Bistrô, endereço que também prescreveu. Sacou telefone celular e mencionou táxi. Motorista que sempre lhe prestava serviços. Dialogou rapidamente com o aparelho em língua estrangeira. Parecia dar ordens. Outra ligação, mesmo tom imperativo, igualmente curta. Recomendara ao condutor que me conduzisse até pequeno hotel na periferia. Hospedaria sem luxos, porém asseada, tarifa honesta. Já se abrigara nela. Próxima a nosso ponto de encontro. Há pouco, instruíra o recepcionista, eu estaria lá no mais tardar em meia hora. Que me acomodassem em aposento decente: obrigação de conterrânea; poupei você de pantomimas grotescas.

Carro aproximou-se. Se alguém não a estivesse aguardando, aproveitaria a carona. Neste caso, até me ofereceria pernoite na quitinete em que residia. Entretanto, estava bastante atrasada. E seu compromisso logo ali, mas sentido oposto ao meu. Despediu-se reforçando horário e local que me repassara. Quando desci a torre, ouvi com bastante surpresa meu nome, chamado por ela. Do alto, bradou radiante, mesmo tom de ironia de sua primeira abordagem: como você pôde pensar em pular; veja que lindo dia raiando; a perspectiva do sábado não é estimulante?

Na tarde seguinte, faltei ao encontro marcado. Depois, soube que Bela foi encontrada sem vida. No interior de uma fenda, nas pedras de rebentação do porto. Ao sopé da mesma torre. O corpo encontrava-se em decomposição. Local inacessível ocultou-o por dias. Laudo revelara morte instantânea. Traumatismo craniano. Ocorrida dentro do intervalo de doze horas que separava o amanhecer e o entardecer daquele mesmo sábado.

Capítulo 2

O CONVÉS

Saguão de desembarque entupido de bagagens. Driblava-as desenvolto, nenhuma seria minha. Ao mesmo tempo, vasculhava bolsos à cata do envelope prateado. Ansioso, mas nada dele. Concedi-lhes segunda chance. No da calça de brim, apenas carteira. Casaco de inverno, maço de cigarros. Camisa abotoada, solitário bilhete aéreo. Cavouquei ainda na sacola do livro, folheei-o página por página, mais de uma vez. Infrutiferamente. Assumindo a fatalidade de seu desaparecimento, considerei ainda procurá-lo caído no chão, invertendo meu trajeto. A caudalosa onda de passageiros que a porta automática vertia inibiu-me. Interrompi-me, pois. Desorientado. Irritando os que se desviavam de mim, apressados. Apático, avistei cafeteria ilhada no salão. Socorreu-me um expresso. Pedi fogo. E divaguei soturno.

Turbilhão de ideias atingiu-me ali. Mais impalpáveis que a fumaça do cigarro. Agarrei-me a elas, contudo. Encadeadas, seguinte o raciocínio. Em terra estrangeira aportara. Minha saga sofrera um revés. Abortá-la, hipótese descartada. A busca consumiria mais tempo, perdido o envelope. Poderia fixar-me naquela cidade, contudo. Trazia na carteira praticamente a totalidade de minhas economias. Ainda que modestas. Garantiriam-me enquanto não obtivesse outra forma de sustento. Até lá, poderia me dedicar ao desenvolvimento do roteiro que tanto adiara. Quiçá identificando boas locações nos arredores. Com maior sorte, toparia com produtor que apostasse no projeto.

Eram estas perspectivas que eu maquiava. Forcei-me para enxergá-las atraentes. Mas empunhava a xícara com tanta insegurança, derramei café no sobretudo. Precisava ser firme. Num impulso, cerceando pela raiz meus dilemas, rasguei o bilhete de volta. Despejei meu navio incendiado numa lixeira. Troquei dinheiro. E saí rumo ao porto.

Os três dias que se seguiram, dediquei-os à Ulrica.
Os três subsequentes, à Bela.
E, no sétimo, retornei para casa.

Minúsculo o quarto que me recolheu. Minha estatura mediana resvalava o pé direito. As paredes laterais de alvenaria inclinavam-se uma ao encontro da outra conforme se aproximavam do teto, culminando numa abóbada mal resolvida. De seus rodapés a iluminação escorria às avessas até a curvatura. Uma única claraboia. Filtrando luzes externas em vinho e ouro, de que era tingida. O piso deixava tacos escapulir. Não havia janelas, quadros, banheiro, Bíblia, cômoda, geladeira, telefone, catálogos, toalhas, tevê, armários, espelhos. Mas asseado. E tarifa honesta. A cama consistia um tablado de madeira inteiriço fundido ao chão, no centro do aposento. Colchão de mola confortável. O travesseiro nem tanto. Lençóis e fronhas de estopa branca. Estas insossas peculiaridades eu esmiucei até o tédio, insônia. Ininterrupta, dormi uma hora, se muito. E sonhei outro sonho.

Outro sonho. *Seguimos, eu e o motorista de táxi que me depositou há pouco na hospedaria. Ele envelhecera ao menos duas décadas. Aparenta agora muito mais idade que eu. Está corcunda, e verrugas pipocam por sua face. Transporta-me, mas vamos sem veículo. Carrega-me pela mão! Deixo-me conduzir por sua puxada enrugada e frágil, sempre um passo atrás do seu. É noite e atravessamos uma cidade desconhecida. Por mim, e provavelmente por ele. Leva-me em silêncio, vacila nas encruzilhadas, mas sinto que se impõe a necessidade de demonstrar absoluto conhecimento sobre o caminho. Inesperadamente estanca e balbucia algo inaudível. Talvez se valha de um idioma que eu não domino. Logo em seguida, reengata suas passadas lerdas, mas obstinadas. Comovo-me com o esforço que angaria para me arrastar. Não presto atenção na paisagem, irrelevante saber o destino, sinto-me seguro guiado pelo velho.*

De repente, avisto ao longe, em cruzamento das ruelas ermas, outro ancião puxando Ulrica pela mão. Passam feito nosso comboio, delongados, ela sempre a um passo de desvantagem. Reconheço-a imediatamente. Mesmo de costas, encoberta por xale, confinada em camisola muito casta, de tecido grosseiro e cor fria, deixando apenas os calcanhares descalços à mostra. Meu coração dispara. Grito seu nome, mas o som sai completamente abafado. Têm rumo divergente do nosso, afastam-se lentos. Invoco meu taxista. Solicito que altere nosso sentido. Siga o outro. Ele não me escuta ou não me atende. Mantém uma destinação bovina, eu nele atado. Vejo a imagem de Ulrica diminuindo, desaparecendo gradualmente. Em breve apagar-se-á de meu campo de visão. Se eu quiser, posso desprender-me de meu senil condutor com facilidade. Bastaria empurrá-lo, aplicar-lhe rasteira ou simplesmente torcer seu braço. Seu físico debilitado, reflexos frouxos cederiam sem relutância. E, desvencilhado, alcançaria Ulrica em um piscar de olhos, libertando-a com artifícios semelhantes. Mas o idoso homem continua me arrastando, frágil, enrugado, obstinado, bovino. Sem pressa. Para um destino que só ele sabe. Sinto-me impotente. Ou compadecido. Deixo-me levar. Estamos acorrentados. Afinal, somos cúmplices de um crime.

Ulrica não era seu nome. Pinçou-o dos livros e me concedeu: chame-me assim; desta forma, me entregarei a você e desaparecerei antes que se dê conta. Sugeriu, no primeiro encontro. Houve poucos outros, até que ela cumprisse o prometido. Jamais me atrevi a decifrar o autor, a origem ou paradeiro daquela personagem. E agora, imergia numa releitura de quem a personificou para mim. Mesmo não sabendo mais onde encontrá-la.

Desejei lâmina de barbear ao me encarar pontuado de pelos brancos no espelho. Além de roupas íntimas limpas. Enxaguei-me reanimado com o frescor da água, no sanitário de uso coletivo. Fazia muito calor. Desci lance de escada para reconhecer na recepção o próprio rapaz esguio e taciturno que me fichara na madrugada anterior – estereotipo de certo mordomo, paródia de suspense no Cinemeiro, como nenhum crime havia sido cometido e o filme se aproximava do final, deu cabo de si mesmo, ao menos não terminaria culpado também pelo desemprego do detetive. Suava em bicas, paletó de veludo negro, números acima de seu manequim. Nem me cumprimentou, avaliando talvez inútil este tipo de atenção para com um monoglota. Apontou-me, contudo, o quadro tarifário atrás de si e escorregou o polegar nos outros dedos. Estendi-lhe o maço das imensas notas dobradas em quatro, como fizera ao me hospedar. Descontou-me seu segundo exemplar. Restando-me vinte e uma, já desconsiderando a que pagara o táxi.

Obtive-as ainda no aeroporto. A máquina automática do café não trazia instruções. Supus, então, que sua única cavidade destinava-se aos depósitos. E escolhi botão cujo ícone provavelmente corresponderia ao expresso curto. Entretanto, minhas moedas eram engolidas sucessivamente, sem nada em troca. Somente ao desperdiçar várias delas é que um senhor – este tinha mesmos trejeitos de um vilão de ficção científica exibida no Cinemeiro, manipulava em surdina segredos tecnológicos capazes de colocar toda tripulação da nave mãe em perigo – retirou-se da fila, que aumentava impaciente atrás de mim, e me abanou com impolidez cartão magnético, como juiz que expulsa jogador de campo. Depois se apoderou da máquina, introduziu-o onde eu afundava em vão meus centavos, liberando-me o café. Aceitei constrangido. Isolei-me cabisbaixo na bancada. Só daí me lembrei que precisava trocar o dinheiro.

Depositei sobre o guichê do Câmbio todos meus valores em dois montículos. O trocador – bem poderia ser comparsa do vilão naquela ficção científica – fez cálculos mentais, sequestrando-me as cédulas, permutou-as por uma tarjeta. Muito semelhante a que fora praticamente esfregada na minha cara há pouco. Amparei-a desajeitado. Virei-a ao avesso procurando seus números. Dedilhei-a incomodado com tanto mistério. Recusei-a, por fim. Apontava para minhas antigas notas, desejoso de algo similar. O cambista argumentava possesso o que eu não poderia compreender. Insisti. Ainda contrariado, acabou cedendo, recompensando-me com um maço de vinte e quatro folhas imensas, dobradas em quatro, feitas de papel d'água azulado. Traduziam o que bem ou mal eu conseguira acumular em trinta e seis anos dedicados à Companhia. E que estimara ser suficiente para seis ou sete meses de provisão.

Cruzei com quatro conterrâneos no estrangeiro, depois de Bela. Os dois primeiros, naquele mesmo sábado, enquanto explorava o entorno da estalagem. Superara nem cem metros, quando estômago roncou. Permanecia em jejum desde a ceia aérea. Curvei-me à fome, priorizaria o almoço. Mas o bairro parecia debandado. Eminentemente residencial, onde se reproduziam prédios germinados de arquitetura modesta. Tonalidades pálidas, cubículos desvarandados, seis andares cada. Provavelmente moradias populares. Se comércio prosperava ali, fechava aos fins de semana. Ao menos, o desvão das calçadas não era descomunal. Sol ardia ainda que sob nevoeiro. Desconfiei, repleto de poluentes. Completa ausência de arborização reforçava o sufoco. Calor que potencializava minha fraqueza. Como uma miragem foi que então distingui carrinho de lanches, ao longe. E alívio maior ao me deparar, no quadro negro onde preços eram desenhados a giz, com as primeiras palavras que eu era capaz de reconhecer o significado. *Hot Dog.*

Esquálido o dogueiro. Sulcos na face e costeletas mal aparadas salientavam aspecto rude. Contudo, eram olhos miúdos e desconfiados que me remetiam ao Zelador. Na Companhia vingou o apelido daquele, papel emblemático que interpretou. Rendeu sequências. Falador e enfezado. Mas mantinha inabalável a ereção, requisito crucial para a carreira. Carregava nas expressões de insolência e macheza durante o ato, alavancava bilheteria. Nunca se envolveu com atrizes, condição para bom trânsito no meio. Mas embarcava facilmente em confusões. Chegou a amargar dois anos sem contrato. Em meio à filmagem meteu-se em briga, luxou braço, fraturou perna. Amargou longo ostracismo. Vingança do diretor da Companhia, acordo vultoso rescindido com a distribuidora, consequência desta irresponsabilidade. Desrespeitoso, mas prudente quando em jogo o próprio emprego. Nenhum pio aos desmandos do diretor. Que beiravam à humilhação. Acatava-os servil. Preservava, no mais, protegidos do chefe. Porém, extremamente estúpido com serventes, outros funcionários de baixo escalão.

Evitava a todos nos intervalos de gravação. Intratável. Rememorei um de nossos raros contatos, enquanto meu sanduíche era preparado. Eu tomava café de coador no boteco defronte ao estúdio, fim de expediente. Chovia forte, Zelador entrou encharcado, pedindo conhaque para aquecer. Sacou documentos ensopados do bolso, espalhou-os no balcão, sobressaía foto de um garoto.

Percebeu meu interesse, que mal disfarço por qualquer retrato que me cai à vista. E dispôs-se a discorrer sobre ele. Retratava seu filho. Há anos não o via. Que a mãe arrastara para fora do país com vergonha do ofício dele. Protegendo-o das obscenidades do pai. Ele juntava dinheiro para reencontrá-los. Infelizmente, despendia quase tudo com agenciadores da luta livre que praticava. Tentaria sorte como pugilista no exterior. Ou se ironia da vida assim desejasse, como zelador de fato. Afinal, saturara-se de ser valorizado apenas por ereções duradouras. Não se realizou. Faleceu naquele mesmo ano. Vitimado por disparo de quem provocou embriagado, porta de botequim do cortiço em que vivia. Ninguém da Companhia compareceu a seu enterro.

O dogueiro serviu-me o lanche e reencontrei em seus olhos miúdos o Zelador. Um tanto decadente. Mas com os planos daquele afinal concretizados. Recostado ao carrinho, compartilhamos a mesinha plástica. Sendo freguês exclusivo, acompanhou-me na refeição, cozinhando salsicha adicional para si. Foi este outro Zelador quem melhor desvendou-me aquela metrópole estrangeira, sem precisarmos arredar pé de sua calçada.

— Já perambulei bastante por aí. No começo. Excitação de quem pisa pela primeira vez no progresso. Assumo que me fascinou. Tantas parafernálias eletrônicas. Usar telefone público era como jogar fliperama. Tudo novidade. Andar em esteiras rolantes nas passagens subterrâneas. Trens metropolitanos levando para qualquer lugar em minutos. Cartões com senhas suprimindo a chatice da falta de troco. Flanava ocupado apenas com meu deslumbramento. Depois, passei a sacar também o lado ruim. Céu envenenado, poluído. Trânsito caótico, eternamente engazopado. Massacrante custo de vida. Paga-se por qualquer passo que você dê. Até para percorrer vias de pedestres. Há mais catracas que cidadãos. No entanto, perversidades piores são menos visíveis. A que são poupados turistas ocasionais.

— Cultiva-se aqui um estágio mais sofisticado de xenofobia. Não importa sotaque, se o seu cartão estiver carregadinho. Para prevenir o contágio, catracas. É a lei, é claro. Câmeras vigiam-no cada movimento e, no primeiro desvio, a deportação. Mesmo que seja para um bairro miserável como este, onde me encontro degredado. Não se iluda com a candura asséptica do calçamento por onde você acabou de passar. É que o material de que foi feito evita a impregnação de sangue. Por isso, somente submergindo nesta sociedade para enxergar cracas no casco de um garboso veleiro. E até que a escória deste bairro ainda conserva alguma dignidade. Há piores. Contudo, nem aqui estamos livres da selvageria que se transforma o instinto de sobrevivência dos marginais. Neste mesmo local já fui assaltado cinco vezes. Cano de automática no céu da boca. Esta cicatriz em meu braço, uma facada. O comércio da região fugiu. Resisto, por falta de opção. Mas ando armado, ainda não me entreguei totalmente.

— O policiamento aqui inexiste. À guarda é muito mais confortável multar quem pula cancelas sem pagar, refrescada pelo ar-condicionado. Além disso, assim se gera receita, realocada na instalação de novos obstáculos. Moto-contínuo. Na área central estão encastelados os legítimos representantes de nossa evolução. O vagão do futuro é apertado, a lotação já esgotou. Então, evitam-nos de todas as formas. Trancafiam-se em condomínios fechados, carros blindados, restaurantes defendidos por seguranças. Erguem barricadas até mesmo com seu idioma. Empilhando sacas de consoantes. Tentei aprender-lhes a língua. Mas eles criam novas palavras diariamente, alteram seus significados, tiram da cartola duplos sentidos. Nem mesmo o nome desta localidade sei mais ao certo. Trocam-no, tempos em tempos, para confundir a rota dos aventureiros, imigrantes esperançosos. Já que não podem deslocar uma cidade na geografia. Transformaram-na em uma sociedade secreta, sem endereço fixo, com fins excusos. Cujos sócios ostentam-se e se escondem, ao mesmo tempo. Que nunca chegará para nós. Do lado de fora, resta a ratazanas vasculharem em sacos de lixo, rente ao muro eletrificado, fuçando sobras.

Resumi meus propósitos. Sensibilizou-se. Eu precisaria de um guia. Pressupunha-me urgência. Adivinhava-me missão valorosa. Tempo demais precioso para escoar diante de placas sem legenda, informantes de má vontade. Seu enteado materializava solução ideal, apresentou-me na mesma oportunidade.

Menino que tinha idade indeterminada, feições castigadas, sorriso desdentado. E que bandeava por toda parada, safava-se de aperto. Sagaz que só ele. Juntou-se a nós enquanto eu mordia último naco do lanche, qual aparição. Encarando-me esbugalhado, largo sorriso. Fora recolhido havia alguns anos. Dormia sob marquise no próprio bairro. Maltrapilho, aparentemente febril. Vestia camisa do mesmo time de futebol do dogueiro. Comoveu-o por conta disso, num dia em que retornava pro lar. Inferiu tratar-se de um compatriota. Sacudiu-o, gesticulou para que o seguisse. O menor o fez obediente. Desde então, partilhavam teto e comida. De início, o benfeitor supunha que a timidez do adotado, ou mesmo equívoco quanto à sua real naturalidade, impediam-no de responder aos questionamentos que lhe dirigia. Por galhofa, passou a chamá-lo de Calado. Somente mais tarde é que constatou, surdo-mudo o protegido. Por falta de outro nome, ficou esse.

Calado não escrevia. Mas sabia ler algumas palavras. Desta forma, nossa comunicação estaria desobstruída. Dado o comando escrito, bastaria segui-lo que ele me levaria, pedir que me atenderia. A remuneração diária, uma daquelas cédulas que eu desdobrara para pagar a refeição. O menor preço pelo melhor serviço. E teria à disposição um cão-guia de cegos do mais nobre pedigree. Surdo e mudo. O menino me esbugalhando olhos e sorrindo todos os dentes faltantes. Não pechinchei. Guardanapo de papel, rabisquei duas palavras: cueca/meias. Tomou-o, franziu sobrancelhas, autoflagelava-se para decifrar a adivinhação que eu propunha. Queimou pestanas mais de minuto. Até que explodiu radiante. Saltou do banquinho e avançou lépido, fazia sinais para que o acompanhasse. O padastro não disfarçava o orgulho, recomendando-me, não me demorasse mais. Foi assim que troquei encontro marcado com Bela por tão casual motivo, adquirir peças íntimas em brechó.

Desafio maior foi localizar o Instituto de Letras. Aqueles fonemas diziam muito pouco para Calado. Debruçava-se sobre minha grafia, impotente e aflito. Temendo a perda de minha confiança. E do salário. Arrisquei outras combinações. Faculda-de-Livros. Escola-Adultos-Livros. Não podia fazer muito mais que isso. Eu desconhecia se o Instituto possuía nome fantasia ou se mascarado na marca mais conhecida de alguma Universidade. O envelope prateado e perdido que Ulrica me legou, não lhe fazia qualquer menção. Acendi cigarro enquanto o garoto de cócoras decodificava-me os garranchos. Não muito distante da lojinha de usados em que adquiri minhas prendas, consumindo outra das notas papel d'água, o moleque fez questão de conduzi-la à caixa registradora. Eu já arquitetava alternativas para obter a informação, quando meu contratado urrou, ainda que silencioso. Escancarou-me gengivas, arrastando-me pela manga da blusa.

Caminhamos uma eternidade. Calor impiedoso. Meus joelhos cambaleavam, a despeito de arraigados hábitos andarilhos. Creio que revisitei ruelas da noite anterior. Com tráfego agora demasiadamente carregado. Íamos sempre pelo meio-fio, preferência também de quem me conduzia. Culminamos diante de edifício, estilo clássico. Bem poderia abrigar uma faculdade. Não localizei portões. Meu acompanhante puxou-me camisa desviando-me a atenção para uma passagem subterrânea. Escadas rolantes nos enfurnaram naquele túnel metálico, onde se espremiam todos os transeuntes ausentes no trajeto realizado. Aos atropelos, rompendo única fileira, mais de vinte roletas. Avançamos até elas, trombando com tanta gente. Ali localizei letreiro. Lista longa, cada linha diferentes tipos de caracteres, enaltecendo diversos alfabetos. E efetivamente, na penúltima, reencontrei-me com o meu: Instituto de Letras. Uma torre de Babel simbolizando-o.

Nem enalteci a argúcia de Calado, lancei-me sobre as borboletas. Sendo imediatamente impedido pelo segurança – que trajava uniforme parecidíssimo com o de um piloto de caça, protagonista de aventura do Cinemeiro, até a insígnia na lapela era idêntica. O homem aludia a um quadrado, estilizando-o com o dedos. Entendi que me exigia um crachá, descerraria portas eletrônicas. Seu enfático ar de reprovação demoveu-me a buscar argumentos, ainda mais mímicos. Restava-me encostar ali, monitorar frustrado o vaivém. Na esperança de que Ulrica mais cedo ou mais tarde me desfilasse. Imitou-me o garoto. Mas nem isso permitido. Nova abordagem do piloto de caça, ainda mais exaltado. Seríamos no mínimo expulsos. O tom dele efusivamente ameaçador. Circulamos então, sem alternativa.

O moleque absorveu minha frustração. Com meio sorriso convenceu-me a retornar à superfície, contornar muradas do prédio. Até rua sem saída. Onde esta terminava, havia o buraco, colado ao muro. Talvez obra de saneamento interrompida. Aproximadamente um metro de profundidade. O menino afundou antes. Custosamente, encaixei-me também. Mal cabíamos ambos. Em seu interior, notei que a fenda avançava sob a parede, e por fresta razoavelmente larga tornavam-se nítidas a entrada e saída dos frequentadores do Instituto. Eis um privilegiado posto de observação.

Até segunda-feira, fui sentinela deste novo mundo. Do interior de um buraco. Equipado com binóculos, a preço de uma cédula, adquirido pelo moleque. Daquela escotilha não vi passarem paisagens furta-cores ou Ulrica. Mas milhares de retratos movediços que muito me sugeriram sobre a urgência e a solitude daquele povo. Metia-me ali bem cedinho, antes do primeiro horário das aulas, que ocorriam inclusive aos domingos. Desembarcava somente quando se apagavam luzes das janelinhas de serão. Calado apanhava-me pontualmente na hospedaria, ainda escuro, devolvia-me de madrugada. Ele gastava o dia zanzando nos arredores, chutando lata, dando as caras eventualmente, se eu precisava de algo. Distraía-me frequentemente acompanhando cambalhotas que ele inventava, saúvas que perseguia, engatinhando pelo asfalto. E momentos de introversão dele, dialogando com o muro. Quieto como o universo. Cujos sentimentos também não se vocalizam. Trazia-me também o cachorro-quente do almoço. Minha única refeição diária, notas escasseando. No turno de descanso, eu aproveitava para lavar roupas de baixo. E dormia profundamente, sem sonhos. Enquanto a mente simplesmente reproduzia o fluxo incessante e frenético dos passantes. Que eu assistia aplicado, sem enredo ou pipocas.

Súbito, vista fraquejava, iludia-me reconhecendo Ulrica dentre apressados. Esfregava rosto, calibrava luneta, reparando o equívoco. Ela continuava atravessando apenas minha memória. Ainda de camiseta branca, algodão e alcinhas, agarrada. Sem calcinha. Fartos tufos pubianos em exposição, densos, acastanhados.

Rasgando-lhe impudicamente a pele de louça. Esparramada em minhas fronhas rotas. Contava-me histórias, depois do sexo.

— Nossa relação traz muitas referências de obra a que me dediquei recentemente. Autor principiante, somente dois livros publicados. Mas vários críticos já se debruçaram sobre seus contos. Afinal, para cada página minimamente bem escrita há sempre ao menos dez esmiuçando-a detidamente. Por isso mal perco tempo com originais.

— Uma dessas resenhas críticas afirma que tanto interesse despertado nos leitores por este novato escritor se deve à exatidão com que ele narra envolvimentos amorosos no ambiente de trabalho. Exatamente nosso caso. Eu, estudante último-anista, devo elaborar monografia, escolho como tema linguagem pornográfica. Delimito meu objeto, cinema pornô, desenvolvo metodologia, entrevistas. Vou a campo, pesquiso estúdios do gênero, colho depoimentos, conheço você. Motivação estritamente acadêmica. Acabamos aqui nesta cama. Isso cala fundo nos leitores, tempo deles também tão escasso para novas experiências afetivas fora das firmas.

— Há um crítico que em especial admiro. Fareja referências como ninguém. Capaz de identificar inspiração ou afinidade literária em cada sentença, de qualquer obra. Passíveis fôssemos de uma análise deste crítico, elencaria rol de lugares comuns em nosso relacionamento, pinçando apenas uma ou outra originalidade. Argumentaria que o autor A já descrevera de maneira bem mais profunda a forma como fazemos amor. Assim meio urgente. E que o prazer machista que você deve sentir, eu tão mais jovem, pinta de intelectual, não bastasse, bonitinha, corpo bem feito, é dos mais desgastados clichês. Também ressaltaria que o autor B já tratara muito mais poeticamente desventuras de um encontro fortuito. O mocinho meio tímido se apaixona perdidamente pela mocinha moderna, e o plágio se consumaria. Depois, cada um por seu caminho. Ela juntando-se a lobos, errantes. Ele defendendo-se com uma espada de si mesmo, assustado.

— Quanto ao autor C, teríamos sido muito mais felizes se escolhêssemos frases mais curtas para ilustrar sentimentos da heroína. Em alguns casos, bastaria única palavra: liberdade; prazer; sonhos; rodar mundo; viver intensamente. Enfim, somos pouco originais. Todas as histórias já foram contadas. A nossa, sem apelos ou brilho, virará mofo também. Volume empoeirado, biblioteca particular de quem nunca o folheará. Ou, se nos dedicou leitura apressada, nos esquecerá rápido. Quanto a nós, somos nada mais que coadjuvantes um do outro. Passagem ligeira, que aparece em um único capítulo. Então, aproveitemos bem este breve parágrafo. Poderá ser o último que nos reúna.

Esporadicamente, eu relaxava de minha vigília naquele buraco com leitura. Livro que carregava sempre junto a mim. Ulrica fora quem me apresentara sua autora, em nosso segundo ou terceiro encontro. Depois do sexo. Garimpei-o em sebos depois.

— Tenho muito interesse em estudar determinada obra polêmica. Que críticos difundiram como: diálogo entre irmãs. Eram três. Desenvolveram gênero muito peculiar, rompendo definitivamente a fronteira entre documento e ficção. Devassaram suas próprias vidas, como biografias não autorizadas, mas tão inverossímeis que ninguém ousava crer reais, daí transformarem-se em literatura. Compõem uma série de narrativas avassaladoras. Uma irmã sempre replicando, livro seguinte, injúrias que a outra lhe romanceara no anterior, e vice versa, sucessivamente.

— A rigor, este duelo de repentistas, como cunhou um titulado crítico, opôs a mais velha e a mais nova, embora a do meio também tenha se aventurado pelas letras. Dividiam mesmo teto, antes de publicadas. Filhas de renomado político, viúvo e iletrado, exercia o poder de forma mesquinha. Impôs educação rigorosa às meninas, vingando-se da própria xucrice. Mas exagerava. Privava-as de qualquer convívio social, permanentemente trancafiadas no sítio propriedade da família. Naquele claustro, com o tempo, isolaram-se uma das outras, recolhidas cada uma em cada qual.

— A primogênita lançou-se antes. Em sua novela de estreia, detalhava sem atenuantes o comportamento devasso da caçula, fugas noturnas da fazenda, orgias com colonos. Sem poupar nomes verdadeiros. E dispensou eufemismos para explorar as crises de depressão aguda da meã. Corajosamente, abriu mão de pseudônimo. A repercussão, escandalosa. Pouco depois debutava nas livrarias a irmã menor. Incrivelmente, valia-se de estilo muito semelhante. Por sua vez, expunha intimidades da primeira, supostamente usada pelo próprio pai, permutando a virgindade da filha por favores políticos. Além de escancarar nas vitrines amores platônicos e tão particulares da do meio. Não parou aí. Dez livros da primeira versus oito da caçula, constituindo uma unívoca obra libertária e destrutiva, na opinião dos críticos. Óbvio, romperam-se definitivamente. Carreira do patriarca arruinada.

— Transgrediram por outros meios, colunas sociais, programas de rádios, eventos badalados. Livros entre os mais vendidos, devido principalmente ao esgarçamento de suas intimidades, para além das inovações de estilo. A primogênita faleceu com apenas quarenta anos. Obscura causa. Especula-se suicídio, mas episódio sempre muito bem abafado. Coincidentemente, a caçula perdeu a vida meses depois, acidente automobilístico fatal. Esta, com quem eu mais me identifico. A intensidade com que perseguia seus prazeres, sempre no limite. Desafiando sociedade tão conservadora.

— Um respeitado crítico sugeriu que destas duas escritoras tão antagônicas transbordara um único desejo de rompimento com suas vidas acorrentadas. Emblemático exemplo da literatura como instrumento de redenção e destruição. A meã, muito mais reservada, sobreviveu poucos anos às outras. Frágil, simplesmente apagou. Personagem secundário daquela tríade. Somente depois da morte, descobriram seus inéditos. Reuniram-lhe os poemas em coletânea póstuma devorada pelos críticos. Ávidos por elementos novos que contribuíssem para melhor compreensão do conjunto. Decepcionou-os. Poesia medíocre, hermética demais. Jamais mereceu uma reedição.

Interessou-me justamente a meã. Cujo livro transportei em saco plástico de supermercado até o estrangeiro. Cativara-me, tão menosprezado. No passado, acalentei desenvolver um roteiro a partir dele. Ulrica me incentivou, enxergava-me, sabe-se lá onde, algum potencial, empatado na Companhia. Meu projeto e tais poemas hibernaram por dezesseis anos. Aquela caverna reunia-nos novamente. Durante o voo que me trouxe aqui, salteava suas páginas. Atraíra-me a quadragésima quarta, versejava sobre a lua crescente, esperança de lua cheia. Separados, namorados concomitantemente a assistiam. Sem saberem, seus olhares casavam em ponto tão remoto. A então estudante de letras partira numa lua assim. Da janelinha da aeronave, a lua refletida nas águas do porto serviu-me de alento. Desorientado no aeroporto, moveu-me até a torre.

Agora, eu submergia na trigésima sétima página daquele livro. *Homem ao mar/ Barco partiu/ Vento soprou/ Feito do silêncio que se ouviu/ Luz dos faróis/ Guia navios/ Buscam em vão/ Restos, cacos desta embarcação/ Talvez no porto/ Não surja luar/ Despejando luto/ Silencia a noite/ No cais/ Talvez a dor/ Do som de um violão/ Dispense qualquer verso na canção/ Ou a poeta/ Vai de novo amar/ Resgata-se do fundo do mar.* Saboreava novamente o desafio de verter em imagens aquele compasso de espera. Entre o amor que se foi e o que vem, e a dúvida se haverá mesmo um vindouro. Único e delongado plano-sequência, detido no horizonte do oceano. Estático. De onde ninguém surge. E a aflição que esta paisagem imutável provoca. Talvez transformá-lo em um curta-metragem, tornando-o assim menos aborrecido.

No retorno ao hotel, encerrado o terceiro dia de espreita, arrepiado, sereno da madrugada, passos atrás de Calado, ele sempre mal agasalhado, saltitando enganava o frio, desanimei. A hospedagem me surrupiaria uma quarta cédula. Considerando as que consumira com alimentação, táxi, guia, compras diversas, restavam-me menos da metade. O que, economia máxima, dispensando serviços do garoto e supérfluos, permitiriam cinco ou seis dias de sobrevivência, lanche e leito imprescindíveis. Urgia distinto estratagema para localizar Ulrica. A miudez de menino poderia até se meter pela fresta, ludibriar segurança por baixo das roletas, mas outras limitações o impediriam de investigar o quadro funcional do Instituto, se Ulrica ali se estabelecera. Lista de ex-alunos, se seguisse rodando mundo.

Procuraria Zelador e solicitaria indicação de quem capaz desta nova tarefa. Despenderia com este novo contratado nada mais que uma cédula. Ou duas, se fosse bem-sucedido. Aproveitaria também para sondar com o dogueiro eventuais oportunidades de trabalho para mim. Talvez ele necessitasse auxiliar. Notara também que a hospedaria recebia garotas de programa, reconheci uma descendo as escadas. Mordomo-porteiro ou dogueiro poderiam conhecer moça interessada em meus préstimos profissionais. Caso contrário, bandearia por outras pensões do bairro, igual intuito. Afaguei o cocuruto de Calado ao chegarmos, remunerando-o por seu último dia de serviço, omitindo-lhe, contudo, ainda sua dispensa. No banheiro coletivo lavei meias e cuecas. Depois, cochilei refazendo contas.

Manhã seguinte, já me acertei com o Bombeiro. Também conterrâneo. Intermediado pelo Zelador, que mal conseguiu disfarçar decepção de Calado com minha atitude. Currículo apropriado. Fora informante da polícia antes de expatriado. Aqui se virava com ganchos semelhantes. Fui devidamente alertado, ele aqui se metia com gente perigosa. Se eu tivesse algo a temer, melhor rever a alternativa. Decidi correr riscos. Por suas investidas, uma cédula. Contrato verbal firmado na recepção da hospedaria. Ele repetia à exaustão tique de enxugar com lenço enorme e suada calvície. Murmurava aos gaguejos, como precavido caso o vigiassem. Cintura avantajada, baixa estatura. O perfeito inverso dos dotes físicos de quem tomei emprestado seu apelido. Mas bigode muito ralo do outro, corte zeloso, simétrico, era tal e qual ao do meu novo detetive.

Ao Bombeiro original, deveu-se derradeira fase de prosperidade da Companhia. Então candidato na concorrida seleção que escolheria o anti-incendiário. Findava segundo dia dos testes, o diretor insatisfeito, irritadiço. Negócios no vermelho. Não havia margem para experimentações. Por outro lado, minguante público cativo sempre exigindo novos corpos. Recém-agrupada, morena carnuda, penugens reluzentes, grande aposta. Mas não se acertava com ninguém do elenco. Extremamente sensível, interrompia atuação qualquer gesto mais indelicado. Ciosa de que seus atributos físicos inquestionáveis valiam certo estrelismo. O dono do estúdio consultava-me quando em dúvida sobre adequação dos aspirantes em prova, minha hesitação faziam-no estourar de descontentamento. Até que identifiquei na fila rapaz musculoso, ainda sem o bigodinho que se tornaria posteriormente sua marca. Intui, solucionaria nosso imbróglio. Efetivou-se minha aposta. Tornou-se mais estrelado que a diva com quem contracenara no debute.

Em outras cinco fitas foi apagador de chamas ardentes. Todas recordistas em bilheteria. Nunca escondeu que homossexual. E talvez esta orientação tornava especial suas atuações como hetero. Nestes casos, inundava a sala escura com gestuais corteses e refinados. Eleito parceiro predileto de atrizes consagradas, encantadas com tanta sensibilidade. Não raro, esqueciam-se que se tratava de encenação, chegavam às vias de fato, autenticidade raramente vista no meio. Angariou-nos novos espectadores. Desaguou esperança naquela trupe decadente. Livrando a Companhia de um fim melancólico. Mas patente sua infelicidade. Drogava-se para driblar o asco que mulheres lhe provocavam.

Confessara a um contínuo com quem flertava, somente à base da cocaína possível ereção diante do sexo oposto. Dependência que aumentava a cada sequência, até que o diretor da Companhia viu-se obrigado a não lhe renovar contrato, mesmo no auge. Último cartaz: Chama o Bombeiro. No antológico final, ele trajando apenas o colete da corporação, uma novata atriz ajoelhada, embevecida com os melindres do astro. O clímax de ambos, coincidente, das mais apoteóticas e comoventes cenas da sétima arte. Poucos notaram que, no mesmo plano, escapulia dos olhos avermelhados dele uma lágrima aliviada. Celebrando o fim do Bombeiro. E de toda Companhia. Ficamos tempos sem notícias suas. Até que o descobriram miserável, definhava em hospital público, entregue às drogas.

Eu já desejava boa sorte ao investigador, devidamente instruído, quando o recepcionista de minha hospedaria abordou-me. Sinalizou, alguém me aguardava. Reconheci logo o taxista que ali me depositara na primeira noite. Vergava jornal dobrado, estendeu-me. Evitou-me os olhos, cabisbaixo. Repousou mão tremida em meu ombro. E retirou-se em silêncio como se arrastasse uma enorme carga. No diário local que ele me deixou, círculo de esferográfica. Canto da página em que estava aberto. Pressenti do que tratava. Ainda assim, solicitei para meu mais recente contratado que traduzisse o texto. Na nota, além do nome dela, os vinte e sete anos, nossa nacionalidade, especificava-se local onde fora encontrada sem vida, dias decorridos até que desvendassem o corpo, hipótese de acidente. Prostrei-me em silêncio. E súbito decidi alterar incumbência do Bombeiro. Mandou-se balofo, equilibrando-se em sua vespa esfumaçante, em busca agora de Bela, ainda que tão tardiamente.

Dias seguintes, frequentei Bistrô que a moça da torre recomendara para nosso encontro. Afinal, era a papeleta com aquele endereço que me restara, não mais um envelope prateado. Recolhia-me nas mesinhas mais afastadas. Movimentado salão, alta rotatividade. Pedia café apontando para a máquina, servido invariavelmente fraco e longo. Minhas predileções padecendo à falta de um dicionário bilíngue. Por outro lado, não implicavam com cigarro ou dilatado tempo de permanência consumindo única xícara. E faziam mesuras eufóricas quando eu deixava uma de minhas cédulas como pagamento. Cheguei a aventar interrogatórios. Mas, falássemos mesma língua eu e garçons, nem assim saberia conduzi-los. Nada me garantia que Bela frequentasse aquele café. Quase uma semana transcorrera depois do encontro marcado a que faltei. Certamente não recordariam mais fisionomia de alguém provavelmente ali horas sem companhia. Eu sorvia então café já frio, introspectivo. Minha mente desatinada ressuscitando Belas.

— Que bom, não se atrasou muito. Temia pelo horário de meu voo. Surpreso por eu em vestidinho tão decotado? Sou um anjo da morte à paisana. Já que vim abusar de seus favores, resolvi lhe presentear ao menos com visão de minhas pernas e colo nus. Espero que a pousada tenha lhe agradado. Frequentei-a muito, conservam-me estima. Meus clientes nunca reclamaram dela. Higiênica, discreta, segura. Fundamentais qualidades para abrigar aventuras extraconjugais. Acompanha-me em um espumante? Claro, eis o estojo. E aqui a chave de seu cadeado. Confio-lhe e peço que seja entregue pessoalmente ao pianista. Sob risco de planos ultra-secretos caírem em mãos erradas. Joias valiosíssimas extraviadas. Ou meu coração violado por quem não o merece. Hora de partir. Meu ensaio de orquestra está prestes a começar. Não vou dizer adeus. Há palavras que nunca deveriam ser ditas.

Ou então. — Sinto que não tenha vindo. Nunca o imaginara capaz de deixar uma dama esperando. Deselegante atitude que me reconduziu ao tabagismo. Após anos de abstinência. Garçom cortês ofereceu-me cigarrilha, condoído com minha ansiedade. Porém, e mais prejudicial à saúde, levou-me esta espera a salões soturnos da memória. Você também lá. Dançando dissonante valsa, pianista cego o seu par. Creio que você o conduzia, até porque conserva visão sadia. Na contradança, eu rodopiando acompanhada por consorte de cabelos raspados. Conduzia-me ela como soldado raso galante. Eu ansiava trocar de par, ela enganchando-me firme, braços sufocantes. Reparava se você recorria a subterfúgios semelhantes para com seu parceiro. Mas não, valsavam tão leve. Minha agonia aumentando, vocês mergulham por entre demais dançantes, minha cintura e mão atadas, último minueto do baile. E iminente o naufrágio do transatlântico.

E ainda. — Perdoe-me ter faltado ao encontro. Enfrentei imprevistos ao deixar a torre. Fui perseguida, desviei por trilhas que me lançaram ao outro lado da cidade, tentando despistá-los. Ademais, mantivesse o compromisso, o colocaria em risco também. Vivemos em sociedade controlada, precisamos tomar muitos cuidados. E os estrangeiros, somos mais visados. Pequenos deslizes quando compatriotas deles, gravíssimas contravenções no nosso caso. Desculpe-me pela inveracidade das histórias que lhe narrei naquela noite. Não existe estojo algum. Precisava de isca que o atraísse. Sei de suas relações com o pianista. Era o mote perfeito. Só tenho você com quem contar para escapar daqui. Estou ameaçada de morte. Desculpe-me, mas serei fardo maior que uma caixinha.

Restante do tempo perambulei por bairros vizinhos. Onde conheci o progresso. Feito de uma fonte em bronze fundido, seca e pichada. Edifício em ruínas. Pracinha toda concretada. Anúncios pregados uns sobre os outros nos postes, portões das moradas. Caixas de papelão empilhadas no meio da via. Esqueleto do que restou de automóvel, incendiara. Bocas de lobo sem tampões, esgoto visível. Rua ou outra esburacada. Tronco de árvore ceifada. Marquise de metal enferrujado da mercearia. Córrego a céu aberto, malcheiroso. Terrenos baldios, mato íngreme. Vira-latas magros virando latões de lixo. Disputando seu conteúdo com mendigo. Dois meninos, um lembrava Calado, cheirando cola, dos quais me desviei, previdente. Prédio aparentemente desabitado, vidros estilhaçados e portaria arrombada. Crianças vendendo balas nos faróis. Maltrapilhos espalhados no calçamento, ainda agarrados a garrafas. Garotinha seminua, puxava-me insistentemente pela camisa, pedindo o que não carecia de tradução. Assim também que me furtaram. Ação relâmpago, mal adivinhei o propósito. Por sorte ou azar, não me agrediram, destituído somente um relógio de estimação. E da sacolinha plástica de supermercado, livro de meã dentro.

Bombeiro arrolava-me avanços de suas investigações no carrinho de lanches, diariamente. — Fui ter com policial conhecido meu. Que me repassa uns trabalhinhos, desde que aqui cheguei. Empenhei cédula igual à com que você me remunerou, para que nos ajudasse. Desculpe-me pelo custo extra. São corriqueiros nestas empreitadas. Para seu conforto, os resultados foram bastante satisfatórios. Levou-me aos responsáveis pelo resgate do cadáver. O que publicou o jornal parece verídico. Um pescador percorria as pedras de rebentação quando notou afluxo de urubus. Pensou tratar-se de peixe grande encalhado. Qual surpresa, um corpo em decomposição. A garota conservava carteira de identidade consigo, só por isso identificada, avançadíssimo seu estado de deterioração. Assim sendo, não se pôde precisar se foi agredida ou mesmo hora exata da fatalidade. Peritos avaliaram, pode ter se dado entre a manhã e o fim da tarde do sábado. O que causa estranheza, perversidades como essa não costumam ocorrer à luz do dia. Mesmo em locais ermos como o em que foi encontrada.

— A polícia convenceu-se logo da hipótese de acidente. Parece que havia barra enferrujada rompida, numa torre que se ergue sobre aquele local. Ela a teria escalado, se debruçado sobre a armadilha, tombando diretamente até seu túmulo. Caso encerrado. Eu deixei a delegacia pouco convencido. Jovem, vi foto dela da carteira, bonita. Meninas assim não zanzam pela zona portuária. Acredito que acobertam um estupro, seguido por eliminação da prova. Duvido até que chegaram a realizar exame de corpo delito. Maquiando notícias dos periódicos. Ou então, ela teria sido mais uma vítima da higienização. Não sei se você já tomou conhecimento deste movimento clandestino. Eliminam forasteiros indesejáveis. Usam métodos de extermínios limpos, e a imprensa para intimidar outros na mesma situação.

— Ou por que diários cederiam espaço para reportar morte casual de uma desconhecida? Quantos cidadãos não morrem acidentalmente por dia numa metrópole deste porte? E não ganham sequer menção na coluna de óbitos? Que outro propósito, senão a intimidação, dessas notinhas de jornal? Além disso, a garota encaixa-se perfeitamente no perfil de seus alvos. A polícia averiguou que era ilegal. Provavelmente envolvida com tráfico de drogas e prostituição. Há uma rota já mapeada que desemboca nestas bandas, onde mercados ilícitos prosperam. Eu mesmo já fui espancado pelo serviço secreto da polícia, julgavam-me membro de alguma quadrilha. Por dádiva, convenci-os de que estava do lado deles. E, hoje, até contam comigo para apontar suspeitos.

Noutra ocasião, Bombeiro trouxe revelações mais preciosas. Oriundas do aeroporto. Uma vez que Bela participara-me que retirara bilhete aéreo, plausível que tivesse fornecido contato em alguma companhia. Mas foram distintas as informações obtidas. Não havia reserva ou passagem em seu nome. Ela ali trabalhara como faxineira, empresa que prestava conservação e limpeza aeroportuária. Fora demitida logo na primeira semana de trabalho, checaram seu visto falsificado. Por algum motivo não a denunciaram ao serviço de migração. Foi vista pela última vez justamente naquela sexta-feira, quando fora sacar o saldo da remuneração a que tinha direito.

Gorducho o detetive, mas ágil. Arrancara do RH endereço da breve funcionária. Situado a poucas quadras do porto. Indo ao local, consultando o porteiro do referido prédio, verificou ser ocupado por única moradora. A outra coabitante haveria falecido recentemente. Dera até no jornal. A inquilina restante encontrava-se em viagem de negócios. Mas certo que teria agenda disponível na sexta. Segundo o informante, quando matinalmente recebia clientes. Fornecera-lhe inclusive o celular da moça. Solicitando apenas que o mencionasse ao combinar o encontro, receberia uma gorjeta por isso. Bombeiro tomou iniciativa, marcou-me horário. Dez da manhã. Levaria-me até lá de vespa. Marcamos meia hora antes na lancheria do dogueiro.

Compareci antes ao ponto de encontro, ansiedade. Pasmo, vazio do carrinho. Bombeiro já me aguardava, a postos. Esclareceu-me, Zelador encerrara atividades. Juntara dinheiro inesperado, acumulara o suficiente para partir. Despediram-se ainda ontem. Oportunidade em que Calado se valeu para por seu intermédio me encaminhar um bilhete. Reconheci no papel timbrado imediatamente o logotipo do Instituto de Letras, a torre estilizada. Caligrafia poderia ser a de Ulrica. Ainda que o tempo até garranchos altere. Escrito em nosso idioma.

"Desculpe-me, não imagino quem você possa ser. Há muitos, muitos anos, rompi laços com meu país natal. É até possível que esteja equivocado quanto a mim. Ou eu que tenha me esquecido de você. Ainda assim, não me seria incômodo tomar chá com um conterrâneo. Se aceitar meu convite, estarei por volta das onze horas desta sexta-feira num Café, onde costumo esperar o início das aulas, endereço que segue".

E de fato, seguia. Assinava com o sobrenome. Nunca soube o sobrenome de Ulrica. Reli o recado. Mais de uma vez. Dobrei-o, e me pesou insustentável. Não consegui guardá-lo, amassei-o ou o rasguei. Depositando-o na calha da sarjeta. Por onde navegou frágil e valente pelo filete d'água até o primeiro bueiro do percurso. Resoluto. Não sofri. Talvez me enganara. Ou a esquecera também, imediatamente, ali. Enquanto rodávamos, eu mal equilibrado nos centímetros finais da garupa da vespa, largo quadril de meu motorista, tentava adivinhar, pouco inspirado, o prodígio de Calado.

Estacionamos pontualmente às dez. Despedi-me do Bombeiro e desci até segundo subsolo. Por escadaria estreita, na penumbra. Atravessei quase a totalidade da extensão de um corredor, centenas de portas, até identificar o número (sinal negativo) dois mil e cinco. Garota ruiva atendeu, mediu-me pés à cabeça, e disse em meu idioma: entre. Então me deu as costas, largando-se em sofazinho, onde já descalçava meia-calça. Apressei-me em revelar minhas reais intenções, testa enrugada emendou: sinto muito. Que saiu embotado. Moça atraente. Pinta que exibia no canto do lábio inferior, falsa ou não, trouxe-me de volta outra, coincidente tom dos cabelos.

Eu então adolescente. Novato ajudante do ateliê fotográfico pioneiro em fotos eróticas, ainda que clandestino, minha iniciação profissional. A outra ruiva, o Fotógrafo a chamava de Tié-Fogo, primeira modelo que se dignou me notar. Por divertimento ou piedade às tentações a que eu era submetido. A consumação, quando ocorreu, foi cômica, eu todo atrapalhado, estreante. Tentei segunda chance, não me deu mais bola. Replicava, sempre um tanto impaciente: agora não, menino. Ainda assim, anos pensando nela. Mesmo depois de me relacionar com tantas outras. E naquela quitinete, era eu quem então pedia: agora não, menina.

Ocorreu-me passar por parente de Bela. Apartamento de trinta metros quadrados. Sufocante, nenhuma janela. Único cômodo, além banheiro. Poltrona espremida entre desproporcional cama de casal, beliche e armário. Além, tampo de mesa, dois palmos, grudado à parede, três banquinhos. Ruiva apontou-me a bicama, quota que cabia à moça da torre. Sob esta, mochila. Todos os pertences dela naquele recipiente.

Pouco acrescentou. Publicara anúncio com oferta da vaga, dava preferência a conterrâneas. Mensalidade de aluguel atrativa, mas havia condições de deixar o apartamento desocupado determinados dias da semana, ocasiões em que recebia seus clientes. Bela se interessara pela oferta. Ocupara a vaga há uma semana, trazendo tal bolsa, única bagagem. Falaram-se pouco. Tão somente lhe confiou cópia da chave, instruções genéricas, e depois viajara, acompanhante de um executivo. Recebia o aluguel adiantado, não conservava bens de valor no imóvel, constante o rodízio de sublocadas, sem maiores transtornos. Que eu ficasse à vontade para assumir o espólio, direito meu afinal. Seus pêsames, trancou-se no banheiro.

O beliche desarrumado. Sobre cobertor de lã daquele beliche, um postal. Em verdade uma foto, fora selada e para ali despachada, endereço no verso. Ninguém remetente. Amparei-a, seduzido por grandes olhos verdes da jovem em pose. Que transmitiam sinceridade e tristeza. Em minha dedicação à arte fotográfica, raras vezes me deparara com tamanha doação de uma modelo. Corajosa, navegando tão desprotegida, mão em mão, quem quer que tenha manuseado aquela correspondência sem envelope. Desnuda alma como a fronte calva que ostentava. Dedicatória: só porque você insistiu tanto. Herdei-a.

Na sequência, revolvi a mochila. Raras peças para moça que supus vaidosa. Talvez, recém-chegada, não tivera oportunidade de se mudar toda, conservaria outras malas em sítio desconhecido. Temi por isso falhar ao que me fora confiado. Mas, no fundo da bolsa, encontrei o que parecia estar destinado ao pianista. Caderno de partituras, manuscrito. Poema na contracapa, também grafado à mão. Comparei caligrafia com bilhete que Bela me legara, idênticas. Versava os augúrios de uma nau perdida. Fora-me recitado na torre. Impeliu-me a dar por concluída minha busca, até porque não identifiquei nada análogo a um estojo. Depositei o caderno numa sacolinha de ráfia, tão descorada, que pesquei na mesma mochila, entre vestimentas. Ruiva cantarolava, sincopada pelo som do chuveiro. Não quis interromper sua ária. Deixei a última cédula que detinha sobre o sofazinho, seus nobres serviços remunerados. E iniciei minha viagem de volta.

No aeroporto, despedi-me do Bombeiro. Que foi muito gentil em me oferecer outra carona. E imprescindível ao me instruir como operar moderno telefone público, completando ligação a cobrar, que me propiciou a aquisição da passagem. Fez questão que eu conservasse contatos seus. Serviços que poderiam me ser úteis novamente, quem sabe localizar o taxista, reconstituir últimos translados de Bela. Não desconsiderei a oferta. Já me afastava, chamou-me. Gaguejou que eu não me fiasse em tudo o que espalhavam sobre ele. Assumia que entregara inocentes para correções ou deportação. Porém, sempre muito difícil diferenciá-los dos verdadeiros culpados. Atividade que exercia, por sua própria natureza, ingrata, sujeita a injustiças. E esperava me ter sido útil. Acenei-lhe, simplesmente.

Reembarquei sexta-feira à noite. Decorrida exata uma semana de minha chegada, minha primeira viagem ao exterior. Em cinquenta e um anos de vida. Cá deixara um livro de poesias, um relógio estimado, todas as economias. Levava sacola de ráfia, dentro caderno de partituras. E incertezas, se positivo ou negativo o saldo.

Encontrava-me exausto. Sem cigarros, almoço, tostão. Custoso comunicar-me, desobstruir ordem de pagamento, confirmar embarque para passagem não reservada com antecedência. Na aeronave, acomodação dos passageiros igualmente empacada. Insuportáveis minutos em pé, corredor apertado, compressão de tantas bagagens para longa viagem. Voo lotado. Dali, avistei nas derradeiras fileiras de assentos Zelador. Punho no queixo, compenetrado, assistindo a janelinha. Fatigado como eu. Também fracassado. Mas retornando para casa. Calado, poltrona contígua, dormia recostado em seu ombro. Justa causa a que destinei parte de minhas cédulas.

Capítulo 3

A SEREIA

A Companhia fora negociada. Alternavam de proprietário seus combalidos acervo, equipamentos cinematográficos, galpão, artistas. Suas histórias. Incubiram-me de esvaziar armários abarrotados de arquivo morto, onde eu ainda ocupava algumas prateleiras com pertences pessoais. Depois de tanto tempo, a definitiva separação entre meus trapos e os daquele empreendimento. Mentalizei antes a tarefa, imunizando-me contra sentimentalismos encruados. Destacaria documentos de valor comercial, em superficial exame. Os afetivos, empilharia para incineração, indiscriminados. Mecanicamente. Mas logo no primeiro paco de papelada, saltou-me o livro de poemas de meã, a que Ulrica me introduzira. E, amareladas entre as páginas trinta e cinco e trinta e seis, anotações escafândricas metidas em envelope prateado que me inundaram de ansiedade represada. O quebranto da redescoberta. A nostalgia do que não vivi. Resultante o desatino. Não conclui minha incumbência. Embarquei naquele mesmo dia para o estrangeiro, com mais de quinze anos de atraso.

No princípio, a sacola de ráfia foi abandonada sob os estrados da minha cama. Como que contagiosa. Voltei debilitado, gripe que me acamou. Pacotes de sopa instantânea e uma cartela de analgésico com prazo de validade vencido salvaram-me. O telefone soava duas vezes ao dia, em torno do horário do almoço e depois ao final da tarde. Desnecessário atendê-lo.

Sabiam onde me encontrar, minha dívida era modesta, não se atazanariam vindo pessoalmente. Antes e durante a convalescença, maquinei somente sonhos febris, desconexos, irreproduzíveis. Ou não sonhei. De alguma forma, bloqueei também minha recente epopeia, como se ao refazer o percurso na volta, desfizesse-o.

O não-sonho. *Reviro-me na cama de olhos fechados, agarrando-me a factrais que a sonolência ou o efeito da febre esboçam. Tento forjar um enredo, mas sei que trapaceio, pois o faço consciente. Então tomo emprestados outros sonhos que tive, que não se sustentam, são cópias malfeitas. Encaro a vigília e acompanho a sinuosidade das rachaduras na parede, navego por elas com a incômoda lucidez de que não passam de rachaduras na parede. Quando adormeço, caio em um buraco fundo, escuro, silencioso. De onde somente escapo com o novo despertar. E torno a recorrer aos factrais que fluem escorregadios e descontínuos. Às vezes estou distraído, enveredo-me pelas preocupações mundanas. A despensa vazia que precisa ser reposta. A dívida contraída que deve ser paga. As roupas sujas que necessitam de sabão. O que se querer do dia que a cada dia eu adio. Então, cubro os olhos, viro-me de bruços e reedito os factrais, ou retomo o estudo das rachaduras, ou repriso sonhos passados. Ou me atiro novamente no buraco fundo, escuro, silencioso.*

Não raro, reconstituo passeios noturnos pela minha cidade. Tão ricos em detalhes, que os delírios sugerem que são reais, minha alma descarnada andarilha. Lá estão esquinas familiares, casarões que envelheceram comigo, rugas e cicatrizes que nos machucam o cimento. Também os canais e todo lodo que acompanhei acumular-se naqueles leitos malcheirosos. Árvores que sobreviveram e outras que se mutilaram à praga dos cupins ou serrotes. Contorno a orla, aspiro a maresia embotado pela salinidade corrosiva. E vagueio por bairros humildes, confraternizo-me com as ruas de terra batida que marcam de barro as barras da calça. Perco-me propositadamente, mas poucos quadriláteros adiante reconheço uma casinha de madeira amarelo-canário que já foi rosa-claro, e que antes era azul-calcinha, e que quando conheci foi amarelo-ouro. E que durante anos compôs paisagem de minhas rondas insones, e a despeito de certa timidez, sempre me acenou com alguma simpatia. Alma incansável que se desdobra por todos os trajetos possíveis, no tempo e no espaço, devolvendo-me ruelas que ainda não eram asfaltadas, residências que foram demolidas, comércios que mudaram de ramo, manguezais aterrados. Mas que resistem em minhas incursões. E permanecerão onde sempre estiveram enquanto a alma, mais do que corpo, ansiar percorrê-los. Poupando meus calos de um patrulhamento inútil.

Não sei quantos dias se passaram até que eu conseguisse me erguer da cama. Não sei se foi o canto de Lisa ou o de uma partitura intraduzível que me lançou ao mar. Poucas semanas depois, partiria novamente.

Chegar ao pianista não seria problema. Quitaria a dívida e seu paradeiro me entregariam de recibo. Choveu constantemente naquele mês. Temporais ou garoa. Céu cinzento, vias sempre alagadas devido à quantidade de bueiros entupidos, calçadas empoçadas. Meu único sobretudo nunca tão recorrido. Coletara com pachorra trocados miúdos, soltos em gavetas e cinzeiros. Insuficientes ainda assim para bilhetes de trólebus, além de pãezinhos com manteiga na chapa. Pão ou condução. Logo, andei muito entre águas.

Há algum tempo, o pianista desaparecera também das capas de revistas. Antes, bastavam visitas regulares a uma banca de jornal para acompanhar o sobe e desce da montanha-russa que foi sua controvertida carreira. Fotogênico. Posava garboso, pregado entre os diários, magnético, ofuscando manchetes desbotadas, com cachos de cabelo revoltos, ora empastados de gel, fraques impecáveis, elegantes camisetas polo, o enquadramento valorizando as mãos fetiche. Chamadas laudatórias ou popularescas. "Nasce um Virtuose". "A Definitiva Fusão entre o Erudito e o Popular". "O Príncipe da Música". "O Mundo de Joelhos". "Vítima de Drogas?". "As Luzes se Apagaram". "O Gênio se Entrevou".

Farejador aguardava-me pontualmente na bilheteria do Aquário. Acenou-me mal-humorado, maldizendo a chuva que dificultava ainda mais seus deslocamentos de deficiente. Trajava couro como um motoqueiro, galochas e uns inusitados óculos escuros em céu nublado, ainda salpicados por gotículas da garoa. Seguiu resmungando, agora devido à demora dos funcionários em lhe liberar a porta lateral, posto que roletas e cadeira de rodas não foram mesmo concebidas uma para a outra. Não fez questão de me pagar o ingresso, depositei dolorosamente algumas de minhas escassas moedas no guichê. Ia ele próprio manuseando as rodinhas, repudiava que lhe conduzissem. Escolhemos um corredor a esmo, mal dedicávamos atenção às espécimes. Acólito canino do diretor da Companhia. Seu minúsculo nariz, ironia a como ficou conhecido no submundo artístico. Dirigiu-me poucas frases, como de praxe.

A encomenda. Instrutora de natação. Atributos físicos não especificados. Prazo de entrega, dois dias corridos. Horário e local no cartão que ele acabava de me confiar. Arrematado o serviço, com o aceite do interessado, eu estaria desobrigado de minha dívida. Não era coisa pouca, sublinhou que o preço de passagens aéreas estava pela hora da morte. E como gratificação adicional, conforme o grau de satisfação do demandante, eu ainda poderia ser recompensado com uma simbólica quantia. Cliente graúdo, explicou-me apontando um baiacu. Estendeu-me a mão bruscamente e avançou em direção à saída. Antes, estacionou diante do reservatório das moreias recomendando-me: inspire-se nessas daqui, são mais esguias e curvilíneas. Por fim, emendou um sorriso malicioso: ia esquecendo, não precisa saber nadar, a piscina é infantil.

O mau tempo iria prejudicar a seleção. Deixei o Aquário e, enquanto enfrentava o chuvisco no caminho de volta, revisava meu método. De acordo com a encomenda, eu inicialmente delimitava o bairro e o circuito de ruas. Bairro da Receita, se o requisito fosse um olhar com certa maldade inocente. Bairro das Bicicletas, para físicos que explodem em vitaminas. O Bairro do Povo, aparentemente o mais adequado para meu presente serviço, lúdico e efêmero, corpos periódicos e gerais. Iniciaria a prospecção pela Via da Oferenda, na altura da central ferroviária, descendo até o Largo Copacabanal que se encerra abruptamente quando encontra o Beco Antideusa. Depois percorreria a Via Valsa em toda sua extensão, cruzando a Rua Cubango, a Travessa Tangolomango, a feira livre, a Praça das Moringas e Vassouras, outros becos taciturnos até o cais. Em algum destes lugares, itinerante, a encontraria.

O método. Vinha lapidando-o há anos. Com progressos sensíveis. Partia de uma recomendação. Um determinado atributo físico, uma tendência erótica, um papel. Então saía às ruas atento aos que flanam. Nunca em centros comerciais, hipermercados, terminais rodoviários. Jamais zonas de prostituição. Mas nas vias públicas, especialmente as lojistas. E em horário comercial. Nestas condições zanzariam aqueles pré-dispostos para abraçar qualquer promessa que transforme suas vidas. Simples destacá-los dentre a multidão. Passadas morosas. Desinteresse nas vitrines, olhinhos gaiatos. Desacompanhados. Trajes domingueiros. Quanto às mulheres, discretamente maquiadas. Daí, bastava relacionar exigências da encomenda com o potencial que o candidato ocultava. Desvendá-lo, o ingrediente mais sofisticado desta receita. Para o qual, modéstia à parte, desenvolvi alguma virtuosidade. Embora incapaz de descrevê-la.

Às vezes insignificante requebrado dos quadris, um volteio insinuante, espontânea expressão de encanto, suficientes para me desnudar suas aptidões sexuais. Combinação das peças de roupa, sugeriam-me qualidades de suas partes íntimas. Não se tratava propriamente de um dom, clarividência. Apenas vulgar constatação de que para um observador mais dedicado, corpos humanos, seus desejos, reproduzem-se pouco originais. Por fim, bastava consumar a abordagem. Sempre sem rodeios, para que não pairassem dúvidas quanto à retidão da oferta. Raro, a recusavam. Raríssimo não se adequavam à encomenda.

Entretanto, naquela tarde chuvosa, surpreendi-me inepto. Como se desaprendesse repentinamente o manuseio elementar de ferramenta que sempre dominara com habilidade. Arrastava-me desconcentrado pelo perímetro delimitado. Deixei-me atravessar por mais de uma candidata provável, antes que atinasse. Parei para fumar sob marquises mais tempo que o tolerável, em se tratando de missão relevante. Um menino cresce. Depende só de si sua sobrevivência. Seus descaminhos enveredam-no por um ofício qualquer. Aprende. Especializa-se. Consome-se. Paciência, é seu ganha-pão. Aperfeiçoa-o. Desfruta-o sem luxos. Lá se foi quase toda uma vida. É grato, mas não sabe fazer outra coisa. Quer aprender novo ofício, mas o tempo não é infinito. Cansou. Antes das crises existenciais. Indiferente à divina promessa de transmissão do seu legado. Ao invés de questionamentos morais. Simplesmente cansou. Agarrei-me à consciência de um cidadão sem dívidas para recuperar minha motivação. Que brotou com sacrifício. Considerei que o soldo poderia ser recompensador. Ou, quem sabe, que seria a última vez. Entre uma coisa ou outra, avistei Alfonsina distraída diante de um expositor de moda praia.

Apresentou-se enquanto sorvíamos guaranás em lanchonete, não distante de onde a pescara. Nome verdadeiro, frisou ela. Incomum o revelar assim, logo de cara, ainda mais a um estranho. Mas me tomara como alguém digno e preferira ser sincera: sabe como é, se começa com mentira, não acaba bem. E sorriu encabulada. Envergonhava-se do próprio nome. O pai Alfonso escafedera-se tão logo sua mãe engravidara. Ela, ainda no ventre, transformara-se então na sina daquela pobre mulher. Herdou a justaposição: ridículo, não? Preferia Ana que, como vira em um filme, chega ao mesmo lugar, por onde quer se inicie a leitura. Fazia barulho com o canudinho, sob a capa rasgada na altura das axilas adivinhei seios de pitomba, sentava inclinada, seus orgasmos deviam ser intermitentes, expressão cheia de esperança inconcretizável, como uma menina vivendo sua primeira paixão.

Expus a ela as cláusulas, vi seu olhar fulgir quando mencionei o valor, confiei-lhe o cartão com o endereço onde a aguardariam. Suas mãozinhas tremiam. Assim que me ergui intencionando partir, ela em um ímpeto quase que implorou para que eu a acompanhasse. Devolveu-me o cartão: não que eu não confie em você. Enrubescida confessou: não sei ler. Assenti, sem jeito. Confirmei o exame recorrendo a um telefone público, tomamos trólebus duas quadras abaixo e não trocamos mais palavras. Ela imersa na fantasia, na inacreditável sorte grande que tirara, enfrentando o nervosismo de quem será testado. Eu, seu condutor, anjo da guarda ou carrasco. Embuído do incômodo poder de alterar o destino de algumas pessoas. A despeito da propensão aventuresca destas. E da força esmagadora da roda da indústria, que judiou de tantos incautos, solapou a Companhia, que continuava me arrastando.

O endereço deu em uma escolinha infantil de natação. Farejador na portaria mediu a aspirante dos pés à cabeça, a partir do ângulo oblíquo de sua cadeira de rodas. Aprovou-me discretamente e apontou o vestiário para a moça. Deveria vestir o maiô que lhe reservavam sobre a pia e, na sequência, dirigir-se à piscina onde já se posicionavam os avaliadores. Moça prendeu a respiração e se foi. Sem se voltar para trás. Dispensando votos de boa sorte. Submergiu. O acólito acendeu cigarro e deformou um canto do lábio: continua em forma, heim, canalhão? Ofereceu-me um trago. Fez questão de frisar que não haveria crianças na casa, que eu ficasse despreocupado. Sublocaram toda a infraestrutura por aquela tarde: produtora internacional; ela se arrumará, vai para o estrangeiro. Valendo-me de sua pouca frequente companhia, decidi não esperar pelo veredicto em minha casa, como de hábito, mas resolvi ficar e indagá-lo sobre o que sabia do destino de Pérola.

Ouviu-me ressabiado, não era mesmo de meu feitio revolver águas passadas. Franziu a testa, recolocou os óculos escuros, entrelaçou dedos, cotovelos apoiados sobre os braços de seu assento móvel.

— Pérola, Pérola, aquela moça branquinha, rosto redondo de lua cheia, não é isso? Que você revelou, correto? Curioso recordar-se dela. Pálida, pouco vistosa, creio que só mexia com a libido dos mais afoitos. Se bem que o pianista até que se engraçou com a garota, duraram mais de semana, se não me trai a memória. Fui eu quem a conduzi à ilha, onde o músico veraneava. Indisfarçavelmente tensa, coitadinha. A carga da iniciação pesa. Supõe-se o que ocorrerá com o corpo, mas com a cuca é imprevisível. Ao despachá-la, lembro que segurou trêmula minha mão e me agradeceu por eu não lhe ter dirigido palavra, arriscado qualquer pergunta, durante toda viagem. Respeitara de alguma forma a perturbação de sua mente. Aquilo me comoveu. Nunca havia meditado antes sobre quanto nosso silêncio pode, em certas circunstâncias, amparar o desconforto de alguém.

— O que posso lhe revelar, não é muito. Ela vivia o dilema das presas encurraladas. Minguam roendo caroços ou se arriscam pelo descampado onde reinam feras. Inebriadas pela promessa de frutos carnudos. A aparente calmaria dos prados é convidativa. E menor o instinto de preservação, quanto mais miserável o bosque. Na véspera, caixa de supermercado, bater ponto domingo a domingo, oito horas corridas até tarde da noite, perigo de assalto esperando ônibus quebrado, fim do mês mixaria de salário, dois fedelhos recém-desmamados, mãe viúva e adoentada, sapato de lona vagabunda recosturado inúmeras vezes, alguns carnês atrasados, faxina logo cedo, deixar almoço e jantar preparados, chorar escondida na frente da tevê que reprisa filmes B de madrugada. E de repente, espumante importado, praia paradisíaca, música agradável, comida excelente, cama feita, banho de hidromassagem. Só sustenta moral e bons costumes quem nasceu com posses ou sem dotes.

— Às vezes relaxam em manter trancada a porta de ingresso desta terra encantada. Já a de saída, jamais. Pérola desembarcou semanas depois do arquipélago. Mas logo se dera conta que seu retorno era impossível, que embrenhara por um caminho sem volta. Recorreu-nos de novo, mendigou outra oportunidade. Disposta a qualquer coisa para não voltar a se enterrar na mesmice de seu cotidiano, encarar a rotina da caixa registradora, mãe e filhos novamente. A ilha em que se iniciou era exceção, experiência para poucos afortunados. Sublinhei isso, pois me afeiçoara a ela. Estava plenamente ciente dos riscos quando aceitou um comboio para o estrangeiro.

Se o capanga não estivesse de óculos escuros, talvez eu o surpreendesse lacrimejando. Pois fez que esfregaria as vistas, mas se conteve. Seu relato tornou-se então mais sóbrio. Surgira algo concreto no exterior, os atributos de Pérola foram bem recebidos pela contraparte. A Companhia providenciaria o transporte, a moça receberia uma boa quantia adiantada e, uma vez em solo estrangeiro, todas as suas despesas estariam cobertas. Em três anos de contrato, estaria livre de suas obrigações. Ela aceitou os termos e se foi. Nada mais se soube dela. Farejador impôs-se a partir disso silêncio sepulcral. Relembrei da garota ruiva com quem topei no final de minha viagem, enquanto acendia um cigarro.

Assim, mal percebi quando um rapaz muito franzino entrou no recinto em que nos encontrávamos com pés de lã – em um relance revi o gatuno de musical que me impressionou muito no Cinemeiro, pois ele sapateava nos telhados das residências que furtava, para comemorar seus bem-sucedidos saques, sem produzir qualquer ruído – e cochichou pé d'ouvido do acólito. Retirando-se como chegara, flutuando. O comparsa me descerrou um sorriso: na mosca. Estendeu-me prontamente um maço de notas. Apossei-me da gratificação, mas como troco, confiei-lhe uma foto que saquei de meu casacão. Um tanto enrugada pela água da chuva que me invadira bolsos furados. Ele nem perdeu tempo em estudá-la: quer que a encontremos? Sei de quem se trata; você deu sorte; ela nos deve favores; em breve lhe darei notícias.

Retornei caminhando, garoa amenizara. Não somei as cédulas, pelo peso estimei que me sustentariam por período razoável. Ao menos, permitiriam que eu obtivesse em qualquer drogaria no percurso pílulas contra insônia. E voltasse a experimentar noites mais bem dormidas. Neste trajeto, revi o Cinemeiro. Ou sua memória. Metamorfoseara-se em um centro comercial popular. Cubículos de lojas abarrotadas de quinquilharias para todos os desgostos e inutilidades. Detive-me diante da nova vitrine espelhada, e compondo minha embaçada imagem refletida, sobressaiu-me o imponente letreiro de grafia rebuscada do antigo cine, ainda abandonado rente à cerca de arame, no terreno baldio imediatamente em frente ao espelho. Como um morto insepulto. Como a teimosa reincidência de uma lembrança feliz.

Garbosa sala, generosa, capacidade para mais de quinhentos espectadores. Um farol extemporâneo que iluminou o provincianismo de um pacato vilarejo beira mar, à época. A tela dotada das maiores dimensões dentre as da cidade, até bem recente. Seis protuberantes colunas escorando o forro a cinco metros. Poltronas largas, no início de couro, depois de estofado e na última década revestidas com tecido plastificado. Cada uma delas única, pelo seu aconchego e pela perspectiva tão singular que nos propiciavam. Quantas imagens inéditas nas reprises, pela simples troca de assento. A primeira fila mal enquadrada. A última fileira, detalhe que escapou em segundo plano. A ditadura do foco para cadeiras centrais. Panoramas invertidos, pontos de vista alternativos, lado direito ou esquerdo. E havia o piso acarpetado que foi verde musgo, mais tarde carmim, até que uma infestação de ácaros decretou sua completa remoção deixando o chão arranhado exposto, sinal já da decadência daquele espaço.

Nunca me interessei propriamente por sua história, centenária. Quando passei a frequentá-lo, graças a gorjetas do estúdio fotográfico, rapazote ainda, Banguela era o proprietário. E bilheteiro. E projetista. E lanterninha. Além de exibidor. Aspecto rude, olheiras arraigadas, barba sempre mal aparada, todos os dentes, talvez dentadura. Administrava acervo considerável de rolos de filmes antigos, cerca de duas centenas deles. Mal adequadamente conservados em um quartinho anexo à bilheteria. Constituíam os cartazes semanalmente substituídos. No início, as moedas que eu acumulava convertiam-se luxuosamente em uma sessão quinzenal. Preferencialmente às segundas-feiras, no primeiro horário, o menos concorrido. Assim, não raro o filme me era exibido com exclusividade. Deleitava-me com intimidade que eu e a projeção adquiríamos naquelas circunstâncias. Amantes que, quando muito, tolerávamos um abelhudo nos observando, emotivo ou invejoso, por detrás do quadradinho por onde vazavam as imagens. Transcorridos anos, já como colaborador da Companhia, passei a frequentador semanal. Depois, alternava dias, até me tornar diarista. Não me importando em rever sete ou mais vezes a mesma fita, desde que em poltronas diferentes, obviamente. Ou me deparar com uma reprise na mudança de cartaz, posto que o acervo do Cinemeiro era estanque. Seu público minguado não fazia jus à programação de estreias, comercialmente viáveis apenas em salas mais modernas, inauguradas ao longo do tempo.

Eu e Banguela nunca trocamos, circunspetos, mais que boas noites e obrigados. Ao avançarem os anos, é que ele passou a me dedicar alguma deferência. Prêmio conquistado por minha fidelidade ou aquisição de tantos ingressos. Ainda assim, contínhamo-nos em prolongar qualquer assunto. Razão pela qual não soube os verdadeiros motivos que o levaram a negociar o Cinemeiro. Chegaram-me versões que aludiam a dívidas de jogo, envolvimento com outras ilicitudes. Legou-o justamente a Companhia, que vivenciava o auge. Arrematava a tradicional sala como ostentação. Que passaria a exibir exclusivamente sua crescente produção. O proprietário anterior ficou exercendo mesmas funções, agora funcionário do conglomerado. Na prática, a única transformação percebida é que não disfarçava a melancolia de passar à anfitrião de adeptos de pegação em cine pornô. Quanto a mim, não modifiquei os hábitos. Comparecendo amiúde pelo menos à última sessão noturna, menos afeita a fetichistas vespertinos. Assim, juntava-me principalmente a casaizinhos sem fundos para motéis. Meu pretérito entretenimento tornou-se prolongamento do trabalho. Aproveitava minhas idas ao Cinemeiro para estudar a receptividade de nossa filmografia. Avaliar, a partir de gemidos, murmúrios e masturbações alheias, as cenas mais bem recebidas pelo público.

Particularmente, também me desgostava o destino monotemático daquela sala. Afinal de contas, foi lá que não consegui controlar minhas gargalhadas, comédia muda e rasgada, um garçom atrapalhava-se todo para atender comensais estupidamente exigentes. Que chorei infantil, melodrama comovente em que a mocinha dizia ao mocinho no final que na verdade nunca o amara. Que me apaixonei por tantas atrizes com decotes decaídos e impudicos. Que tomei o maior susto da minha vida, um desastre ferroviário em primeiro plano, repentino, causador de milhares de vítimas cinematográficas fatais. Importavam-me também os espectadores que embarcavam comigo nas sessões. Perambulava pela antessala, aonde sempre chegava com antecedência, para observar o perfil do público com que compartilharia as duas ou mais horas seguintes. Muito embora ali mal coubesse uma bomboniere, sem pipocas ou café expresso, rareassem os pagantes, mesmo aos fins de semana.

A maioria vinha só. Tentava adivinhar suas expectativas pela avidez da espera, a desenvoltura com que perambulavam pelo saguão, a concentração diante de cartazes desgastados prendidos com fita crepe. Donas de casa entediadas, jovens cabuladores de aula, desempregados matando o tempo dilatado, mocinhas pré-dispostas a um romance fortuito, pretensos intelectuais, cinéfilos empedernidos. Aos mais constantes, saudava discretamente, trocava olhares amistosos. Notava quando se ausentavam por períodos mais longos e depois ressurgiam com um corte de cabelo diferente, rugas acrescidas, maior ou menor desalento. Outros que simplesmente evaporavam. Depois que as atrações restringiram-se aos maiores de dezoito anos, destacavam-se aventureiros, pederastas, garotos de programa, meninotes virgens, marginais. Em comum com o primeiro grupo, o desejo de compartir uma mesma ficção. E a solidão. No escuro, propunha-me a lucubrar sobre como absorviam determinadas cenas. E ao acender das luzes, conferia a reação pelo tempo que cada um se delongava acompanhando os letreiros finais, o ritmo das passadas rumo à saída. Feições indisfarçáveis de fastio, indiferença, enlevo ou deslumbramento.

Era uma segunda-feira, quase zero hora, eu a única testemunha da sessão que naquela noite apresentara uma orgia homossexual, ia deixando a sala quando Banguela, ainda atrás da janelinha de projeção, surpreendeu-me pedindo: não se vá ainda. E então a tela se iluminou novamente e surgiu a abertura de um dos meus épicos prediletos, que foi cartaz há muitos anos no Cinemeiro, e que não revia há tanto tempo. Retornei hipnotizado para minha poltrona mais querida, a da décima sexta fileira, a sexta da esquerda para a direita, e me embeveci com o privilégio de redescobrir cada fotograma, até altas horas. Amantes reconciliados. Reaproximados graças a um vedor emotivo e feliz, que nos apadrinhava discretamente de sua sentinela projetora. Nos últimos anos, reincidimos a traquinagem praticamente todas as madrugadas. Cúmplices silentes de reexibições das velhas películas, às vezes mais de uma por noite. Até a derrocada também da Companhia. E do fechamento definitivo do Cinemeiro. A reforma. A instalação do centro comercial. Não tive notícias de Banguela depois disso. Sequer houve oportunidade para nos despedirmos. Os rolos de filmes foram negociados com o prédio, assim como todo equipamento de projeção. Reduzidos a tapumes. Ou divisórias. Ou entulho.

Despertei meados da tarde, refém dos soníferos. Ato reflexo, apalpei o criado-mudo à cata do relógio ausente. Até lembrar que o havia doado para estrangeiros. Sua falta potencializou a sensação de atraso. Grogue, meti-me nos mesmos trajes de véspera, dirigindo-me sem mais demora ao encontro do diretor da Companhia. Em seu escritório, na região central. Ao menos, podia agora adquirir novamente fichas de trólebus. Impacientou-me o tráfego carregado, maldita chuva. Saltei a duas quadras do destino, pouparia tempo a pé. Interfonei da portaria. Fui reconhecido pela Secretária, símbolo de recato e longevidade servindo o conglomerado. Tanto que seu nome acabou se perdendo ao longo dos anos, todos a conheciam apenas por Secretária. Solicitou que eu retornasse em meia hora. Surgira um imprevisto de agenda. Avaliei que seria oportunidade para um desjejum tardio. Meu estômago assentiu.

Elegi a primeira lanchonete que avistei. Mesinhas ao ar livre, toldos as protegiam da garoa. Intenso o movimento nas ruas, aproximava-se o final do expediente. Meu café curto servido frio e fraco, não me animei para solicitar que o substituíssem. Do vaivém da multidão, despontava um pivete que camelava sombrinhas. Gordinho, protegido por capa de chuva, apertada para ele. Tagarelava incontido, sobressaía dos ruídos do centro sua vozinha esganiçada. Bradava rimas pobres para sombrinha, uma ou outra engraçadinha, bênção o diminutivo que o nome de seu produto embutia. Mexia com passantes. Garotas jeitosas que não precisavam pagar nada, mas não levariam. Barrigudos que teriam engolido um guarda-chuva fechado que, defeituoso, acabara abrindo em seus ventres. E louvava o mau tempo, entoando orações mercadológicas. Abordou-me duas vezes e, como resposta às minhas negativas, repetira: o dilúvio vem aí, não vai haver lugar na arca para todo mundo; tem muito bicho na fila, garanta ao menos seu guarda-chuva.

Decerto eu ignoraria o homem parafusado diante da faixa de pedestres na via oposta, à espera do sinal fechado, não fosse por trajar sapatos marrons e calça preta. E porque esta deselegante combinação cruzou com meus olhares três faróis vermelhos sucessivos. A contragosto, eu garimpava moedas para o decepcionante café quando ouvi o estampido. E logo se formou um bolo de gente em torno ao meio-fio do outro lado da rua. Aquele homem desabara na frente de um ônibus de linha, incapaz de frear. Os murmurinhos chegavam até onde eu assistia ao resgate inútil, já havia perdido a vida. Provavelmente escorregara e tombou, a garoa que não dá trégua, estes calçamentos lisos tão perigosos. Teria sofrido de ataque epilético em um sítio fatal. Quem poderia garantir que não fora impelido por gatuno que se aproveitara da aglomeração, aguardando a travessia para consumar o furto e o empurrão, esta cidade cada vez mais violenta.

Antes, não me interessara erguer a vista para topar seu rosto. Tantos que nos passam despercebidos ou só não o fazem por descombinar peças de roupa. Paralisado ali, ele dispensara três oportunidades de atravessar a avenida. E ninguém deu importância. Na sequência, desabou sob um ônibus de linha. O guri das sombrinhas, que acompanhara a fatalidade próximo a mim, silenciou. Então balbuciou – impossível garantir a exatidão de suas frases, por demais elaboradas para sua parca idade e vivência, mas que me soaram assim: tem gente que até tenta recomeçar; mas recomeçar não é para qualquer um! Depois disso, só me ative ao desespero do motorista responsável pelo acontecido, que gesticulava muito e chorava alto. Recordei do taxista que me conduzira no estrangeiro.

Na antessala do escritório do diretor da Companhia, revi o

Farejador. Parecia cochilar aninhado em sua cadeira móvel, cabeça pendida para frente. A recorrência dos óculos escuros teria quiçá o propósito de encarapuçar suas senis dormitadas. Afinal, constrangedor para um jagunço sempre alerta admitir que dias de pijama são iminentes. Aprumou-se em um sobressalto quando percebeu minha presença. Sorriu largo, devolvendo-me a foto que lhe confiara. Ar de satisfação pelo dever cumprido, participou-me que aquela estivera longe de ser sua missão mais desafiadora. A fotografada me aguardava ainda naquela noite, dentro de algumas horas, em local que ele rabiscara no verso: desculpe estragar a fotografia, não havia outro papel para anotar. Devidamente aconselhada a colaborar comigo no que fosse necessário: tem dívidas conosco, tornou a frisar. Aproveitando-se que Secretária entrara para me anunciar ao chefe, pediu que eu me aproximasse. E em tom confidente, retomou a reconstituição do acontecido com Pérola.

— Não deveria lhe revelar mais nada. No meu ofício o esquecimento é a principal virtude. Mas fui provocado por você a relembrá-la. E jamais repartira isso com ninguém. O que pudemos lhe oferecer foi proposta de um clube privê no estrangeiro. Deve ser de seu conhecimento que estas casas vêm sendo ostensivamente policiadas. Decorre que mergulharam na mais absoluta clandestinidade. Garotas de programa locais as evitam, pois a detenção por práticas de sua natureza em tais ambientes tornou-se inafiançável. É uma lógica engenhosa. Coíbe-se a exploração sexual via punição de suas vítimas. Como resultado, estas meninas preferem emparceirar-se com agenciadores autônomos, o que as tornam mais escorregadias. Assim, a sobrevivência deste mercado depende quase que exclusivamente de mão de obra de países como o nosso. O principal atrativo é que pagam adiantado.

Pérolas podem partir mais reconfortadas, garantem o pé-de-meia da família que fica para trás.

— Mas as condições são opressivas. Durante a vigência do contrato a garota fica terminantemente impedida de deixar o clube. Previnem-se desta forma do risco de deportação e, claro, o de fugas, posto que o depósito já foi feito. E uma vez lá, não podem recusar programas ou quaisquer outras imposições da casa. Pérola fora prevenida disso tudo. Fiz questão de pormenorizar as implicações de sua decisão. Pessoalmente. O fato é que passados dois meses ela deu jeito de escapar do inferninho. Não deve ter suportado física ou emocionalmente. Entretanto, éramos parte envolvida na negociação. A contraparte exigiu o estorno do cheque pela contratação da moça. Abafei o caso. Empenhei-me particularmente para não prejudicar a família dela. Consegui contornar o imbróglio sem o envolvimento de nosso superior. Eu me afeiçoara a ela.

— Em paralelo, acionei contatos no estrangeiro para localizá-la. Juro que não estava atrás de reparações. E foi com sincero pesar que recebi dias depois a informação de que ela não sobrevivera. Meus informantes levantaram que, em busca de sustento, começou a frequentar uma tradicional rua de prostituição. Colegas de profissão afirmaram que a viram pela última vez entrando em um carro que transportava três rapazes jovens e fortes. Bem apessoados à distância, com idêntico corte rente de cabelo, talvez soldados à paisana. Em busca de diversão ou correção. De sujeiras ou limpeza. No dia seguinte, seu corpo foi descoberto violado e agredido fatalmente em uma vicinal na saída da cidade. Farejador calou respeitosamente. Pendeu a cabeça para frente e era impossível precisar se voltara ao cochilo ou à sua própria comiseração. Secretária ressurgiu, o diretor poderia me receber.

Guiou-me, passinhos curtos recortando toda a extensão do gabinete vazio dele, até a passagem para o banheiro. Fez mesuras, ali me aguardava. Tratava-se de cômodo tão amplo quanto o contíguo. Azulejaria verde-água, cada quadradinho retocado à mão. No centro, o chefe imerso na inseparável banheira. Reinstalada em todos os seus locais de trabalho. Peça inteiriça de porcelana alaranjada que se sustentava sobre o piso de mármore graças à meia dúzia de pedúnculos esculpidos feito pinças de caranguejos. Tom infravermelho iluminava o ambiente, desses apropriados para revelação de filmes. Ecoava das cerâmicas uma peça musical erudita, ora inaudível, em outros momentos reverberando trompas e tímpanos ensurdecedores. Vapores abundantes da infusão pelante. Engolfando a fumacinha discreta de um baseado ainda aceso ao alcance do banhista. Bastante baixinho, pouco aquém de um metro e sessenta, somente sua cabecinha semicalva safava-se à tona. Podia-se reconhecê-la pelo bigode fininho, desde sempre aparado milimetricamente. Pois duas espessas rodelas de batatas vendavam-lhe os olhos.

Rodeavam-no três lacaias, todas de branco, roupões de sauna. A maior delas, em altura e largura, massageava-lhe o dorso. A grossura daqueles bíceps, pelancudos ou musculosos, correspondia à do tronco do esquálido homenzinho. Ex-atriz coadjuvante dos primórdios da Companhia. Aposentada, dedicou-se a engordar e aprimorar técnicas de relaxamento não sexuais.

A da direita debruçava-se contorcionista sobre a borda. Só assim lhe alcançava as extremidades dos bracinhos tacanhos, parecia extrair cutículas. Esta outra se juntou à empresa bem novinha, sua mãe houvera se consagrado em fitas de gênero homossexual. Infortunada, engravidara na primeira vez em que se relacionara com o sexo oposto diante das câmeras. Uma improvidência.

Única desta natureza no memorial da Companhia. A consequência do descuido foi abandonada ainda garotinha e, certo dia, adentrou pelo estúdio carta em punho, redigida pela desnaturada progenitora, encaminhando-a como passivo de um acidente de trabalho. Adotada, cuidou de serviços gerais, foi copeira, faxineira, maquiadora, ascendendo agora à manicure.

Mal reconheci a terceira, alastraram-se fios grisalhos. Administrava-lhe agulhas na testa e cocuruto. Reservadíssima, ministrava sessões espirituais ou eventuais descarregos. Benfazejas para proteger o empreendimento e seu comandante. Aparentemente, incursionava também por medicinas não convencionais. Eis o diretor e sua família. Ou seus funcionários. Ou seus asseclas. Ele nunca conseguira distinguir essas coisas.

Ainda de batatas, saudou-me aos resmungos. Que eu puxasse um banquinho sob a pia e assentasse. Agitado, pitava o baseado, baralhando frases que a orquestra abafava, quando os sopros enfureciam-se.

— De volta? Que tenha aprendido a lição. Para não se meter em enrascadas novamente. Só me faltaria agora livrá-lo de cadeia. Não repare o tapa-olhos. Minha enxaqueca anda tinhosa. Uma negociação frustrada. Outro mercado fechado para nós. Já havíamos inclusive selecionado as meninas. Quinze garotas divinais, talentos inatos. Foram entendidos internacionais que me afiançaram. Nascidas para as passarelas. No ponto para desabrocharem, asseguraram. Primor material para além das expectativas do cliente. Um nicho próspero para o conglomerado. Acabou de implodir. No passado, ramificação significava abastar o caixa. Atualmente, é a única chance de sobrevivência.

— E assim, vamos sendo amputados. Você é testemunha de quanto esforço desperdiçado para salvar nosso estúdio. Os avanços tecnológicos da indústria subserviente às exigências dos novos padrões da exibição caseira, que nunca dominamos completamente. Truques de computador que eliminaram a necessidade de filmar a maioria das tomadas. Barateando brutalmente a produção. Noventa por cento do que é projetado hoje nas telas não passa de embustes. O incauto público nem se dá conta. Nossa arte reduzida a comandos de mause. Na divisão de trabalho da linha de montagem global que se transformou o cinema, fomos meramente escanteados a intermediar moldes para bonequinhos cibernéticos lascivos. Retroagimos de exportadores de cultura para cambistas de mão de obra escravizada por programadores.

— Não fossem negócios paralelos estaríamos sentenciados há mais tempo. Quisera sinceramente ter abraçado tão só e diletante a direção de filmes. Dedicando-me integralmente a raptar expressões efêmeras, encarcerar paisagens idílicas, brincar de Deus na montagem. Houvesse um mecenas em nosso caminho, enveredaríamos por outros gêneros, adensaríamos roteiros, construiríamos personagens mais consistentes, seríamos, enfim, aplaudidos pela crítica. Foi o mercado quem nos amordaçou. Que nunca nos permitiu ir além de palavras de baixo calão ou gemidos vulgares. Lembra-se quando produzimos aquele plano-sequência de coito grupal que se consumava em meio a diálogos verborrágicos e autocondescendentes no auge do nosso experimentalismo? Fiasco de público. O mercado condenou-nos ao mutismo. Até que veio a revolução tecnológica para também nos cegar. Tornando-nos incapazes de diferenciar sexo real de virtual. Só resistimos porque diversificamos.

— Reconhecemos a tempo a soberania do mercado. Ofertando aquilo que a demanda quer colocar nas próprias cestas. Seja manteiga, canhões, narcóticos, genitálias ou discos de música erudita. Até esta última praia invadimos. Promovendo aquele pianista fenômeno, motivo inclusive que o traz aqui, segundo me antecipou Secretária. Não fosse eu amante também desta outra arte, a mais imaterial de todas, a que depende somente do ar para se propagar, não teria embarcado nesta furada. Nosso equívoco foi achar que havia ouro dentro da inspiração que extraía acordes de dezoito quilates. O dele, foi se negar terminantemente a reconhecer a supremacia do mercado. Deste, quis apenas os desfrutes. Mesquinhou em troca seu suor criativo. E o mercado pressupõe troca. E exclui quem resiste às suas regras. De que vale tocar divinamente se seu público se limita a quatro paredes?

— E hoje esta caceteação. Até mesmo você lucraria com a abertura desta nova frente. Para variar, agora à cata de corpos para serem vestidos. Seria o primeiro acordo externo com nosso país para fornecimento exclusivo de modelos. Firmado com um dos principais agenciadores em âmbito mundial. Que distribuiria nossas selecionadas aspirantes para inúmeras grifes do planeta. Preferiram-nos pelo potencial das garotas desta terra, mas creio que pesou nossa competência em processos de seleção. Porém, o conselho de migração deles reagiu à surdina. Baixou uma portaria fixando o limite de idade para concessão de vistos de trabalho estrangeiro desta categoria profissional em dezoito anos. Que agência se ajusta a tal medida? Atualmente, as meninas ingressam no meio com treze, quatorze. É evidente que se trata de uma cilada protecionista e tendenciosa. O acordo vazou, havia concorrentes disputando este contrato. Oriundos de nações que já conquistaram o direito de atribuição de nacionalidade para com o país sede da agência. Leis não nascem por acaso em parte alguma do mundo. E nem são paridas do dever cívico dos legisladores.

Findo o desabafo, suspirou longamente. Ainda ansioso, tornou a tragar a seda. Só então me atendeu. Afastara-se do pianista há mais de ano. Após o acidente, estiveram reunidos uma única vez. A repercussão do acontecido, o mórbido assédio da imprensa, era recomendável que se resguardassem. Decidiram desaparecer com o artista, desviando dos holofotes sua desgraça pessoal. O Capataz mantinha o diretor informado sobre os progressos da recuperação do protegido, que por fim malogrou. Passou o tempo, as revistas estamparam outras capas, o músico rendeu-se às trevas, o cordão de isolamento construído cristalizou. Fizera-o inacessível. Ilocalizável. E esquecido. Entretanto, o diretor da Companhia sabia sim onde encontrá-lo. Ele refugiava-se na sua própria casa de veraneio. Sitiada na ilha em que eu mesmo estivera algumas vezes: quando ninguém mais quer saber de você, até sua morada se torna um esconderijo.

Depois, primeira trégua das águas em semanas. Providencial, pois as ladeiras que eu superava eram íngremes e escorregadias. Anoitecera havia instantes. Fosca luminosidade, lotes baldios no percurso sombreavam a trilha suburbana com um aspecto sinistro. Andarilho fuçador, nunca me atrevera por aqueles recantos da cidade. O mapa registrado em prosa mandava contar as travessas, dobrar uma delas à esquerda, caminhar até o sopé da encosta, no fim da linha um botequim, e eis a mina. Escalava arfante desejando pulmões menos maltratados. Arrastado o ritmo das passadas, escapava-me a noção de quanto tempo cobrava-me o trajeto, suspeitando de uma já provável impontualidade. Mas não ansiava chegar logo. Consciente talvez de que dentro em breve me livraria de uma foto-postal que trazia no bolso. No dia seguinte, despacharia além-mar um caderno de partitura. E estaria tudo acabado. Em todos os sentidos.

Na birosca, minguadas mesinhas azul-ferrugem acomodavam um ou outro pinguço troncho. Capitaneando o balcão, uma negra senhora, fartura de cachos prateados, tão plásticos que me remeteram a um velho marujo em proa, cabeleira ao vento no alto-mar, lançando mensagens em garrafas através da tela do Cinemeiro. E a mesa de sinuca, onde a moça da foto enfrentava a si mesma, concentrada. Optei por água mineral e recuperar o fôlego a me apresentar ofegante. Desabei no assento giratório inteiriço à bancada, assistindo às tacadas precisas da jogadora. Que encaçapava bola a bola, obediente à impiedosa ordem das cores. O retrato que eu carregava lhe era fidedigno, embora seu coro já não se exibisse completamente raspado. Dois centímetros de penugem lhe cresciam. De qualquer forma, a sua quase careca remetia-me à Lisa.

Lisa, porque não possuía um só pêlo. Anomalia genética, lhe atribuíram. A Companhia completara cinco anos, ascendente em êxito e ambição. O diretor pretendia filmar um arrasa-quarteirões comemorativo à meia década. Confiou-me baixar do céu uma nova estrela. E coincidentemente, era noite estrelada quando espreitei a cadente garota. Aos amassos com um rapazote desajeitado, na boca de um beco nos arredores do cais. Contorcendo-se com tanta malícia e desembaraço, a despeito do pândego parceiro, que me imanizou. Detive-me a poucos metros dali, acendi um cigarro, a afobação do moleque não ocuparia a menina além de algumas tragadas. Menos que previstas, até que o imberbe passou por mim ainda tonto e fechando a braguilha.

Apertei o passo para alcançá-la, ia ligeira. Ao abordá-la sorriu, e só então notei que além de cabelos lhe faltavam sobrancelhas. Repetia-lhe a oferta em um barzinho das redondezas, olhos nos olhos, ela desatenta ou incrédula. Terna, descansava o rostinho pequeno no punho cerrado. Então senti seu pezinho tocando-me sob a barra da calça, indagando-me se não podíamos adiar negócios, priorizar a diversão. Resisti, pois me encontrava a trabalho. Ou porque sua volúpia me assustava. Ela então foi contundente: como pode me contratar sem que eu antes seja testada?

Fui seu brinquedo. Em um quarto de motel barato. Onde tudo não passou de um jogo lúdico, frisou a seu modo. Testei meus limites no afã de lhe corresponder, saciá-la. Mas qual o quê. Sequei antes dela. Depois que se serviu de mim como bem quis, revelou possuir apenas dezesseis anos. Não aparentava, a fronte calva indeterminava a idade. Havia maturidade na sua desenvoltura para desarrumar lençóis. Atormentou-me a confissão, eu diante de excepcional amante para quem o tempo cronológico fora zombateiro. Apressou-lhe os dons ou fez pouco caso dos marcos legais da maioridade, régua burra. Cogitei desfazer a proposta, ela opôs-se com veemência. Seria uma chance ímpar, conciliar prazer e carreira.

Não prosperara nos estudos, era indolente demais para com os livros. Interessava-lhe mais aturdir mestres e bedéis com saias ousadas. Arranjar-se via matrimônio não seria também sua sorte. Pois quanto aos pretendentes, envolvia-se intensamente, extenuavam-se, então se entediava, arribava avoante: feito nós aqui nesta noite; uma segunda vez não faria sentido, esgotamos nossos segredos. Ouvia-a, cigarro queimando entre os dedos, ela nua debruçada em meu peito, agitada, alternando panturrilhas eretas, calcanhares hasteados. Fazia-me sentir tão leve. Como se eu recebesse lições de sabedoria de uma descolada e precoce monja escabelada.

Assim e dois meses depois, estreou a exótica atriz. Já como Lisa ou Lisinha, envelhecida dois anos em sua carteira de identidade, providencialmente falsificada. Arregimentou levas de curiosos, atraídos pela transparência de sua epiderme. Ou do deleite que oferecia às câmeras. Mesmo atores rodados inibiam-se em contracenar com a novata. Arrancava-lhes a compostura ou um gozo fora de hora. Tornou-se tabu para a classe de varões, que reinvidicava ética profissional desta moça, não podia seguir assim brincando de destronar virilidades, provocando vexames de ejaculações precoces. Tanto que, em sua terceira fita, contou apenas com coadjuvantes femininas, posto que os rapagões incitaram uma greve em desagravo à adolescente. O diretor ria-se à toa, zombando de machões desancados por uma garotinha sem pelos, projetando recorde de bilheteria para o próximo cartaz.

Em algumas ocasiões, a estrela convidava-me para sair. Lanchávamos ao fim de expediente, bebíamos suco de uva, ela não ingeria álcool. Era-me grata pela oportunidade que lhe proporcionara. Prezava-me também por nunca haver lhe sugerido um segundo momento íntimo entre nós, atitude incomum nos homens com que topara: acredito só ser possível amizade assim; com desprendimento, sem outros interesses. Segurava minha mão e sorria fraterna. Mas em meu âmago, não estava seguro deste desprendimento em mim. Ou da inexistência de outros interesses. Talvez por isso resisti tanto em acolher sua amizade.

Passado um ano, Lisa ainda lotava sessões. Travestia-se de personagens diversas, perucas e pelos postiços, uma camaleoa. Mantinha intacto o prazer selvagem que repartia solidária com milhares de espectadores. Fora do estúdio, viveu romances fugazes. Com fãs ardorosos, atores aposentados, distribuidores de filmes, assistentes de produção, repórteres e estagiários. Divertiam-na. Divertiam-se. Quiçá, no fundo, só desejasse diverti-los. Devota. Relatos de casos ardentes que ela, sempre muito discreta, jamais compartilhou comigo, enquanto lanchávamos ocasionalmente. Mas que aprendi a surrupiar de seus olhinhos matreiros, enquanto ela divagava sorvendo suco de uva pelo canudinho. E que enciumavam a mim e à minha relativa impotência. Nesses silêncios, recordava recôndito nossa única vez, tão breve e dilatada.

Irreproduzível. Logo, irrecuperável.

Mal inteirara dezoito anos, quando um de seus casos se apaixonou ou cismou com ela. Moço cujo sentimento não foi correspondido, ou então desdenhado. Que não pôde dominar sua paixão, ou não quis. Que a matou por amor. Ou rancor.

A moça da foto estralou-me os ossos ao me cumprimentar, parecia afobada. Largou o taco sobre a camurça verde, despejou ali mesmo cédulas amarrotadas, empunhou uma mochila de brim e fez sinal para que a seguisse. Andava lépida, eu tropeando para fazer jus às suas pernadas juvenis. Sem pausa que me permitisse qualquer explicação, desatou a falar. O botequim não seria suficientemente seguro, mais recomendável uma reunião caminhante. Impulsiva, escancarou-me o saco que levava às costas, sem gravadores, nossas confidências se desmanchariam ao vento. Estava disposta a revelar o suficiente que me satisfizesse, sem comprometê-la. Omitiria nomes, endereços, valores envolvidos, como acordara previamente com Farejador. De minha parte, obrigou-me a jurar apagá-la da memória, caso o futuro nos reservasse uma acareação. Regras postas, atraiu-me para bibocas ainda mais embrenhadas no morro, sob resquícios da chuva que ainda gotejavam das copas do arvoredo. Intimidava-me a severidade de sua postura, amenizada apenas por suas feições delicadas. E pelas repetidas batidas que com as palmas das mãos fustigava as próprias coxas, abafadas pelo moletom da calça. Ritmadas, como um descabido acompanhamento de percussão, fundo musical para seu desenfreado discurso.

— Acompanhe o raciocínio da Matriarca. Há gente mais necessitada do que mãe solteira? Mãe pobre e largada? Emprenhada, iludida ou irresponsável, quatorze, quinze anos de idade? Já parindo um pirralho a mais para saturar o mundo? Cabe-lhe como castigo cuidar do pirralho, dando a este, no mínimo, o que comer e onde dormir. Aluguel de cortiço, palafita, barraco, pelo olho da cara. Comida, então? Não é pouco dinheiro. Trabalho não cai de árvore. Fila dobrando quarteirão, basta abanar uma vaga. Com tanto candidato, quem encara a encrenca de contratar mãe solteira? Que se ausenta quando o pirralho adoece, que troca o serão da labuta por plantão para matricular o pirralho na escola pública. Pirralho que é insensível a esses pormenores, abre o berreiro se tem fome. Alternativa é abandonar o pirralho à própria sorte. Mas ele dará um jeito de sobreviver e se vingar do mundo saturado, emprenhando muitas outras mães solteiras quando crescer. Mal que não tem fim.

— Então a Matriarca raciocinou: mãe solteira carece de uma creche que cuide do pirralho para que ela possa trabalhar sem amolação. E foi além. Esta creche deve cuidar bem do pirralho, dando também comida e remédio. Só assim a mãe solteira se sentirá confortada para poder se dedicar ao trabalho. Porém, creche assim não foi feita para pobre, mãe solteira nunca conseguiria custeá-la com o que ganha. Alguém teria que arcar com estas despesas. E quem tem dinheiro sobrando? Justamente os abastados que carecem do trabalho de mães solteiras. Os abastados não gostam de limpar banheiro, lavar louça, passar roupa, por isso pagam para que mães solteiras façam estes serviços. Mas o que pagam não é suficiente para cuidar da mãe solteira, do pirralho e da creche.

— Daí a Matriarca estendeu o raciocínio: se os abastados não estão dispostos a pagar pelo o que necessitam a mãe solteira, o pirralho e a creche, mas apenas pela limpeza do banheiro, a louça lavada e a roupa passada, então é preciso dar outro jeito de arrancar dinheiro dos abastados. Dinheiro sobrando, que fica bem ali onde trabalha a mãe solteira. Os abastados não confiam nem nos próprios pirralhos, que dizer de um banqueiro? Sua abastança vira imóvel, automóvel, terreno. Mas uma parte da abastança tem que caber numa valize caso seja necessário fugir do fisco, dos sócios ludibriados, da família enganada. Por isso todo abastado possui um cofre no lar. Guardando joias, dinheiro estrangeiro, portáveis em necessidade de fuga.

— Não é lógico o raciocínio da Matriarca? A mãe solteira deve trabalhar no lar dos abastados para rebentar o cofre e arrancar o dinheiro que vai cuidar dela, do pirralho e da creche. A partir desta ideia simples, o esquema ganha contornos mais sofisticados, pois a Matriarca é, antes de tudo, exímia estrategista. Há que se criar uma rede de mães solteiras implantadas nos lares dos abastados. Conquistar a confiança deles. Constitui-se então a primeira divisão de auxiliares do lar: mais experientes, nada menos que uma década servindo aos mesmos patrões, confiança inabalável. Estas jamais arrombarão cofres. O papel delas é somente recomendar outras auxiliares do lar para vizinhas e amigas da patroa. Recomendação acima de qualquer suspeita.

— Esta segunda divisão de auxiliares do lar, as recomendadas, também não estoura cofres. Não podem pôr em suspeita à reputação de quem as indicou. O papel delas é fazer um levantamento dos horários de seus patrões, da localização e especificidades dos cofres, estimativa dos valores que guarda. São transitórias. Alegam razões para abrir mão do trabalho como doença do pirralho, mudança de cidade por conta de transferência do marido inexistente. Ficam o tempo suficiente para conquistarem confiança dos patrões e poderem recomendar uma substituta. Daí então, a terceira divisão de auxiliares do lar entra em ação e explode o cofre. Neste esquema, a primeira divisão estará sempre preservada e a expansão da rede engenhosamente assegurada.

— Não sei se conseguiu concatenar a extensão do projeto. Não se restringe a uma ação de caridade, mas à implosão de uma classe abastada, do interior de seus próprios lares. Não posso revelar números, mas a rede já alcança uma dimensão não desprezível. A Matriarca projeta que dentro de poucos anos estará infiltrada na totalidade dos lares abastados. Então, o dia da revolução será iminente. Milhares de cofres explodindo simultaneamente, e o cuidado das mães solteiras, dos pirralhos e da creche garantidos por um longínquo e abastado futuro. Eis o projeto. Os cofres estourados aqui e ali atualmente visam apenas à manutenção e ampliação da rede. Somos pacientes. Ocupamos um quarto dos fundos de cada vez.

— Mas envolve um custo alto, manter e expandir a rede. Cada auxiliar do lar de terceira divisão após explodir seu cofre precisa se aposentar, sumir do mapa. Garantimos para elas um fundo de previdência por serviços prestados. A creche é dispendiosa, os pirralhos sempre famintos, carecendo de remédios, vacinas, boa dinamite é uma fortuna. E nem estou considerando as despesas administrativas que a Matriarca tem com a logística. Nosso fluxo de desembolso nem sempre coincide com a oportunidade exata de estourar um cofre. Conservamos alguns negócios paralelos que garantem recursos emergenciais. Componho esta equipe de apoio incremental às atividades da rede. Nestas esquinas é que foi inevitável cruzar com seu amigo, Farejador. Afinal, não há tantos afluentes assim neste rio.

Entretido, inesperadamente baixáramos ao sopé do morro, atalhos que a moça encaixara com tanta facilidade. Abrupta, tornou a me castigar os ossos da mão, declarando que aquilo era tudo, que eu passasse bem. Por pouco não a deixei escapulir. Estabanado, estendi-lhe então a foto-postal que trouxera do exterior, e que era sua. A princípio, enrugou a fronte, desconcertada. Emudecida, cobrou-me explicações, quase me agredindo com seu olhar atônito. Não precisei de palavras, creio que fui capaz de lhe externar meu pesar, pois imediatamente seus imensos olhos verdes marejaram adivinhando a fatalidade. E ficaram tristemente belos, lubrificados por lágrimas tão sinceras. Indagou-me se era tudo o que a outra moça deixara. Mencionei o caderno de partitura, que outro alguém herdaria, o destinaria no dia seguinte por correio. E refizemos silêncio. Dei-me conta de que se eu me demorasse mais, sucumbindo a inócuas palavras de consolo, talvez invadisse penetra a dor que era dela. Preferi me retirar languidamente. Entretanto, poucos passos dei até que a ouvisse pedindo: espere; não se vá ainda; a noite mal está começando.

Apontou-me carro estacionado naquela ruela deserta: de seu agrado? Ou aquele? Este verde é charmoso, combina com minha íris. Sacou da mochila uma espécie de canivete, escolheu a lâmina que se assemelhava a uma chave de fenda, prensou-a contra a lataria, rente ao miolo de chave na porta do motorista, com a ajuda de uma pedra que buscou na sarjeta preparou um golpe certeiro: viu só? Ele abriu seu coração para nós. Incomodado, hesitei em ocupar o banco de carona. Ela foi manhosa: depois devolvemos; não se deve menosprezar quem nos abre o coração. Saímos cantando pneus, a motorista radiante ao volante: que nome vamos lhe dar? Percebendo-me surpreso: ao carro; precisamos batizá-lo; ninguém deve rodar pagão por aí; que tal Almino? Almino Mustá? Sonhei com este nome; você não sonha?

Coberta de razão a garota. A noite mal começara. Pois recortamos alta velocidade as principais avenidas da sexta-feira agitada, primeira noite sem chuva em semanas, faróis fechados violados, mãos de ruas invertidas, o alto-falante do rádio estourando graves, a fumaça do baseado acendido embaçando vidros vedados, ela estapeando o painel extraindo sons percussivos. Metemo-nos em boate enterrada em um sótão, protegida por mal encarados seguranças que ela enfrentou mostrando a língua, música eletrônica no último decibel, pista apinhada de moderninhos introspectivos abanando cabeleiras e se entupindo de comprimidos com água mineral, ela abrindo espaço com cotoveladas dançantes.

Dali para um arrasta-pé, chão de terra, sanfonas, repiques, triângulos, duas doses de cachaça com que ela se engasgou, cuspiu às gargalhadas, tirou-me para bailar, resistia em ser conduzida, acabava me levando enganchado à sua cintura dura. Então para um fliperama, sentados em cabines individuais, ela aos berros comemorando os bônus acumulados, o efeito do álcool ou da erva tornando a bolinha de metal irresistivelmente frenética, eu manuseando pazinhas descoordenado, as luzinhas piscando tão divertidas, bolinha insistindo em escorrer entre as pás a despeito de meus esforços canhestros. Experimentei uma alegria tão pura, nunca havia brincado nessas maquininhas.

E um restaurante fino, mesas cobertas de linho na varanda, garçom desconfiado de nossos bolsos lisos, ela impassível estudando a carta de vinhos, panca de entendida, grifando com a unha um espumante custando três dígitos que não se atreveu a pronunciar o nome. No primeiro descuido, disparando dali agarrada à garrafa, eu quase estragando tudo tropeçando em minhas próprias pernas, para alcançá-la já ligando o motor, ela recebendo-me com um sonoro palavrão, pisando no acelerador: como é que você não trouxe as taças?

Terminamos no trecho de praia mais retirado, alcançado apenas por estradinha sem asfalto. Recolhidos sob um coqueiro, a areia ainda úmida. Vislumbrava-se no horizonte mancha arroxeada pintada de aurora. Minhas pálpebras pesadas, a língua enrolada, caía embolado o espumante que bebericávamos no gargalo.

Ela sentada sobre as coxas, retirou da mochila cabaça em que passou a batucar de olhos cerrados. Possuída. Imprecisão rítmica, sons ancestrais que se propagaram ressoando nos desarmônicos rugidos da rebentação, o mar de ressaca. Então, a moça da foto passou a entoar vocalizes selvagens que emendavam os estampidos dos batuques, fundindo-se agora ela própria às ondas sonoras e marítimas. Em meu estado deplorável, aquele concerto fazia tanto sentido, que me entreguei a ele absolutamente. Como uma criança que assiste a uma fanfarra pela primeira vez.

Acredito que adormeci, ou apaguei. Recordo-me apenas dela devolvendo-me à porta de minha residência, para onde devo tê-la guiado com indiscutível dificuldade. E de seu olhar esverdeado, sinceramente agradecido. Lucubrei dizer-lhe algo que fui incapaz de verbalizar. Ligou o motor. Infelizmente não poderia despedir-se partilhando comigo seu verdadeiro nome, exigiam-no sob sigilo. Deu-me então adeus a Agente 166, como a protocolavam na sua rede profissional. Ponderei quão mais apropriado seria chamá-la de Lisa.

CAPÍTULO 4

MAR ABERTO

— Perdoe-me a intromissão
Mas, como você não despertava,
Vi-me obrigada a mergulhar em seus sonhos.
Para arrastá-lo à margem.

Resgataram-me do sono estas frases. Timbre familiar. Do desfecho da noite anterior, vaga lembrança da intratável chave que se metera a desavenças com a fechadura, justo àquela hora. Travessura da mesinha de canto que engatinhou espirituosa, interpondo-se à minha trajetória, propositando-me um tropicão. Escandalosa uma cantoneira se apenas ferida. Incerto número de pílulas contra insônia engolidas a seco. E o salto mortal sem trampolim sobre lençóis revoltos. Tateara ainda sob estrados da cama, zeloso com a integridade do caderno de partituras. Ou aí já sonambulasse.

E tornei a sonhar. *Engolfados por um mar de gente. Incontáveis cabecinhas prolongam-se ao redor. A mais imediata é completamente calva. Sei de seu rosto, pois, tempos em tempos, preocupa-se em me topar carinhosa. Mas em cada uma dessas ocasiões, surpreendem-me traços alterados. Ora apresenta sobrancelhas tão cerradas que a esquerda emenda a outra. Ora seus supercílios são desenhados a lápis. Em outra feita, tem lábios finos e ressecados, porém ao natural. Já na seguinte, batom borrado os frauda. Percebo uma cova no queixo que, ao encará-la de novo, foi aterrada. Mas a despeito de inusitadas mutações, conserva-se sempre calva. Nossas mãos dadas. Acompanhamos todas as performances acrobáticas ou números de dança contemporânea. Ocorrem simultaneamente em cada andaime da estrutura de aço. Esqueleto de um arranha-céu inacabado que nos contorna e serve de palco. Os performáticos são atléticos e exibem-se nus. A massa segue as coreografias arriscadas com vertigem e encantamento.*

De repente, percebo-a mirando ávida algum ponto além. A mãozinha que amparo transpira, delatando excitação. Dedica gestos incompreensíveis, recorrendo à mão que conserva livre, para alguém que não identifico, mas que certamente corresponde. Tento aflito adivinhá-lo. Talvez um acrobata nu e musculoso, um espectador sensível e amante de corpos bailarinos, uma paixão adormecida que ela redescobriu. Eu a chamo repetidamente, pois, desde que absorta, evita meus olhos. Mas hipnotizada, segue trocando segredos em linguagem de sinais com quem desconheço. Eu impotente. Assistindo seu desejo mais primitivo apontando para outra direção. Sinto seu pulso, que tenho a mim atado, tencionando por liberdade. Ensaio resistência, mas sei que não posso ou não devo prendê-la. Quisera encorajá-la a satisfazer seus sinceros impulsos, a vida que não passa de um dia, conquistando sua gratidão e afeto. Para sempre. Porém estou repleto de medo. De me perder em meio a tanta gente, depois que ela me deixe. Por isso insisto, mesmo sendo injusto detê-la. Deixando escapulir ao menos o consolo de sua gratidão ou afeto. Inevitável, desvencilhados enfim. Imerge ofegante na multidão, sem adeus ou olhar para trás.

Desembaraçava-me ainda deste sonho, quando revi Lisa, ou como a apelidei, pernas cruzadas na quina da cama. Vestida de véspera, a penumbra do aposento duvidando de sua presença.

Esfreguei as vistas, tratasse-se de miragem ou zombaria onírica se esfumaçaria dali. Teimou altiva, repetiu-me a introdução: perdão, mas você não despertava; aguardo-o há mais de hora, age mal um cavalheiro assim. Notei breu além da janela. A manhã desistira ou os comprimidos roubaram-me um dia. Arremedou: estamos atrasados, apanhe a encomenda; o pianista pode se cansar de esperar. Não fosse a sonolência, talvez me empenhasse a demovê-la do disparate. Enfiando-me em vestes recolhidas pelo assoalho, ainda tentava concatenar argumentos que a dissuadissem, estaria tudo acabado, por malote ou portador a partitura cumpriria seu destino e fim. Mas resoluta sob o beiral do alpendre, ordenou agora impaciente: a partitura. Catei a sacola de ráfia, meu casacão, e partimos. Antes se desculpara: não será difícil consertar o trinco da porta.

Almino Mustá nos conduziu ao atracadouro, cantando pneus. Carrancuda ao volante, desarejada de ontem. Não a questionei, incompreendendo minha própria impetuosa e irresponsável anuência. Adentramos a área de estivagem, meu ausente relógio sinalizaria altas horas, pois ermo o porto. Segui-a aos solavancos enquanto ela estudava compenetrada embarcações disponíveis. Optou por uma escuna de pequeno porte. Saltou alcançando a proa, escalada com habilidade. Sumiu no deque. Reapareceu sorrindo: aprovei o estofado de couro da cabine. Estendeu-me a mão para que eu também subisse. Obviamente, não consegui reverter minha gravidade bojuda. Acorreu então contrariada à cata de corda que me içasse.

Então, da quietude ecoou estrondosa a rouquidão de um vigilante e eu tremi: já vi você. Paralisado, incapaz de pôr em marcha fuga ou socorro da garota. Invisível no convés. O vozeirão aproximando-se: não adianta se esconder; basta fazer o que eu mandar e livrarei você dessa. Estiquei o pescoço buscando recuperá-la no meu raio de visão. Mas somente alcancei ruídos do embate, ele juntando ladrazinha a palavras chulas. Na sequência, o baque de um corpo desabando. Pelo estardalhaço, aliviei supondo o dele, ela tão leve. De fato, Lisa desembarcou ousando um pulo, a lança do canivete ainda sangrando, nódoa rubra na camiseta. Fitou-me com inesperada culpa que me enterneci.

Urgente, metemo-nos em modesta barquinha logo adiante atracada, a lâmina afiada livrou-a dos nós de marinheiro. Não sem alguma dificuldade ela deu partida ao motor. E saímos empinados. Trocando bancos de couro por arremedo de tábuas carcomidas pela maresia. Apertados, metro de largura, outros três de comprimento. Lisa, a timoneira. Eu a carranca assustada, enganchado ao beque, por não saber nadar. Somente ao nos afastarmos bom bocado, minha capitã relaxou. E vibrou quando atentou para letrinhas em decalque dourado que batizavam a nau: "Ilusion". Autocolantes, comprovou exultante. Entreteve-se então com o novo passatempo, anunciando-me satisfeita a adulteração que promovera: chama-se agora "uilson I"; homenagem ao venerável garçom de meu boteco predileto; uilson I, o que bem nos servirá. Depois admitiu: mais nobre seria "Ulisses"; não fossem tantas letras esses.

Enquanto houve combustível e céu limpo, agarrei-me ao fio de lua crescente. Feito um C pendido. E a estrelas estilizadas como na pintura, cruz e xis sobrepostos. Ludibriando enjoos. Abstraindo pânico, desafiávamos abismos oceânicos sobre tão frágil casco. Possivelmente era moderada nossa velocidade. Mas devido à marola, guinava a proa que nem gangorra. E o vento forte na contramão reforçava a impressão de que nos preparávamos para decolar. Tenso, carecia de balizas celestes bem fincadas. E os pontos de luz ameaçando-se cadentes para depois desistirem. Agravante, quase eclipsada a lua, brinco de marfim balançando em lóbulo dançarino. Não supunha com que bússola minha raptora nos guiava, como conseguiria divisar determinada ilha, se indistinta a escuridão de céu e mar. Controlando o leme com firmeza, acenava-me unicamente com perseverança. Promessa de despetalar a rosa dos ventos enquanto não aterrasse onde pretendia.

Quando ficamos sem combustível, ela esmurrou raivosa a barcaça. Após infrutíferas tentativas de reanimar uilson I. Juntou punho e queixo, resignada, pose sem originalidade. O motor calado, bálsamo para meus tímpanos, e a mansidão das águas como se prenunciasse uma tempestade. Ensimesmados, esquivando-nos de comentar a imprevidência, pus-me a contemplar nuvens céleres, como se o céu desejasse continuar navegando. E tantas outras vieram que todas as estrelas encobriram. Não tardou a garoa. Engrossada súbita, feito chuva de verão. Apressei-me em acudir o caderno que trazia no saco de ráfia, meti-o entre o forro e a capa do sobretudo, felizmente impermeável.

Indelicado, só então atentei Lisa já encharcada, protegendo-se sem recursos, contando apenas com os próprios antebraços cruzados na testa. Improvisei-lhe uma cabana com meu casaco que, na falta de pano, compartilhava-a metade de mim, a outra entregue às intempéries. Ensaiou repelir meu zelo: pare com isso, fiz curso de sobrevivência na selva; água de chuva não queima nem sangra. Depois recuou e, embalada talvez com o crepitar sobre nosso barraco, adormeceu recostada em meu ombro. Serena.

Na falta de pílulas, sentinela de monstros marinhos, atravessei a madrugada em vigília. Anteparo para uma exaurida loba do mar. Que em sono profundo não acompanhou o fim da tempestade. Gradual. E o clarão que anelou a lua. Refletindo nas águas já turvas tantas outras, similarmente efêmeras, ainda que teimosas na lembrança. Há par de décadas, Ulrica quem me recostava, era orla de nossa cidade. Iminente sua partida, eu ali não imaginava que para sempre. Caminhávamos descalçados pela areia gelada, acostamo-nos no rochedo que delimitava a extensão da praia. Ela mal dosando ânsia e nostalgia, malas prontas para sumir no mundo. Ensinou-me muito sobre luas.

— Um dos críticos mais heterodoxos que se aventurou a desvendar a alma feminina das grandes escritoras desenvolveu uma instigante correlação entre fases lunares e as variantes gradações de luminosidade de suas obras. Sustentava que este corpo celeste exerceria atração sobre a sensibilidade destas mulheres incomparavelmente maior que nos artistas do sexo masculino, eminentemente solares. Deriva desta hipótese que os grandes criadores homens erigem uma arte vigorosa e consistente como uma bola de fogo, alcançando nas bordas a delicadeza de aurora ou ocaso, quando muito. Entretanto, ao longo deste matiz são razoavelmente lineares. Quer gênios ou impostores. Já a sutileza da arte feminina residiria no fato de que autoras experimentam diversas fases da lua ao longo do processo criativo. Crescem, minguam, enchem-se e se esvaziam enquanto vertem seus dons sobre um mesmo romance.

— A despeito da inexistência de qualquer comprovação científica, creio que a proposição deste crítico resvala alguma verdade. Meti-me à literata ainda adolescente, como qualquer garota apaixonada. Rabiscando poemas bobinhos, idem. Varava madrugadas, surto de silêncio. Uma caixinha de música poderia distrair um coração esfacelado. Vítima de um olhar não correspondido no pátio do colégio. E afugentar as palavras mais apropriadas que edificariam meus castelos de areia. Que eu caçava soltas, pirilampeando sob o abajur. Não raro o lápis empacava ou derramava tolices mesmo para uma cabeça de vento. Então eu chorava aos cântaros. Lá fora só a lua era companheira. Espionando-me pela fresta da janela. Vazia, enchia de sombras minha torre de nanquim. Mas conforme avançavam as noites, crescente, quarto crescente e, de repente, eis meu quarto todo iluminado de novo. E eu cheio de mim outra vez. Até o desamor seguinte, lua minguante, ciclos.

— Ainda hoje cultivo minhas fases lunares. Esvazio minha mente, abrindo-me para renovações, na respectiva. Explodo em desejos, no auge da lua cheia. Amanhã começarei uma vida nova, farei outro continente. Por isso optei partir nesta fase crescente. Foi naquela noite que Ulrica me confiou um envelope prateado. Dando a entender que lhe agradaria receber-me em seu novo país. Não nos amamos pela última vez. Mendigamos adeuses. Selamos lábios, apenas, como quem prenuncia: até amanhã. Quando desembarquei no estrangeiro transcorridos tantos anos e reencontrei a mesma lua crescente boiando em mar tão longínquo, quis acreditar tolamente que seria possível recomeçar.

Opacas, não róseas, as longas tranças do amanhecer. Fria manhã. Desfeito o breu, nenhum sinal de terra firme até onde a vista alcançava. Em nossa nave, tampouco remos. Madeira pregada em madeira, geringonça de ferro na falta de diesel, e só. Colado ainda à minha sócia de infortúnio, que custava a despertar, desvendei míseros tesouros. Um montículo de pedrinhas negras a estibordo que inferi carvão. E claro, a dadivosa água da chuva que se acumulara no bojo. Síntese de nosso apuro. Quando Lisa resmungou-me algo inaudível sem descerrar a vista, toquei-lhe a face. Febril. Apreensivo, desfiz-me de minha camisa, umedeci-a, coroando-a desta bandana. Lamentei profundamente não trazer qualquer comprimido nos bolsos. Repeti o processo, o pano retornava quente e preocupante.

Incomodada com meu gesto, mas sem forças para enxotar o enfermeiro, ela balbuciava agitada, talvez delirasse. Hesitei se desnudá-la das vestes molhadas e expô-la ao vento frio de alto mar não agravaria seu estado. O pudor de despi-la pesou para que desconsiderasse esta alternativa. Ao menos a livrei de seus tênis, pequenos, encardidos, ensopados, para que seus pés pudessem ser aquecidos. E qual surpresa, nos pezinhos tão delicados, um anel de prata ornava o dedo médio. Vaidade que a guerrilheira acobertava. Arrisquei abrasar o carvão. Meu isqueiro lutou galhardamente contra a ventania, mas sucumbiu diante da pedra ainda úmida. Restou-me friccionar-lhe os pés com minhas mãos, transmitindo calor. Ela se contorcendo para não admitir cócegas.

Com sua temperatura cedendo, despenquei aliviado diante dela. Ainda lhe amparando os pés, leves como balõezinhos. De dedos pegados, unhas dos mindinhos esmeradas cascas de pérolas. E a prata brilhava os primeiros raios solares desde que diluíram as nuvens. Não eram pés de guerreira, inapropriados para descerem ágeis morros, fugir de radiopatrulha, saltar de deques altos. Macia a pele, desde a planta, calcanhares recolhidos, tornozelos lânguidos, convertendo flexão em um ato de entrega. Imaginei-os no raso, água cristalina, rodeados por um cardume e sorri por dentro. Destoavam do físico esbelto que se seguia, estatura média, mais ossos que carne. Esperançosos, contraponto às feições naturalmente tristes daquela menina. Dotando-a de um equilíbrio tosco, curtos, impeliriam-na sempre à frente. Pés de rodopio, balé praticasse. Pés de vento. De astronauta, flutuariam não fossem pesos misteriosos contrabalançando-os.

Contive afagos, uma vez que carícias nem sempre conduzem calor. Fraqueza ou fadiga, minhas também, os transformavam em miragem palpável, brinquedo sedutor e acessível. Abanei a cabeça confuso. Respirei fundo diversas vezes. Beberiquei da água represada com gosto de areia, molhei a nuca. Mas impertinente, não resisti tornar envolvê-los nas minhas palmas, onde os mantive. Pesadas mãos, sem mais muitos mistérios a que se apegar.

Lisa amuou-se todo o dia. Entre inconsciente e extenuada, efeito da febre. Não quis conversa. Praticamente a obriguei sorver, tempos em tempos, água que lhe baldeava. O sol foi inclemente. Depois que se impôs, demarcou reduto. Nimbos maratonistas atiravam para todos os lados do céu, mas sem jamais ousarem encobri-lo. Flutuando sobre tanto sal, temperando nossas peles que assavam: Impressão de que o mar nos aprisionava em rodamoinho, feito carrossel. Pois a nau decididamente avançava, mas sem escapatória.

Separei capa e forro, abotoados, para que o chapéu sobre a convalescente cobrisse mais fresco. Com o pano protegi a maior poça d'água, ou evaporaria nosso alimento. Mas foram meus cigarros que se dissiparam, apesar da economia de guerra que tentei me impor. Perturbado pela abstinência me flagrei mascando uma bituca. Sol posto, o vento gelado voltou. Tratei logo de converter barraca em agasalho para a garota. E foi grande meu contentamento quando me recebeu com melhor disposição. Devolvi-lhe as meias, encabulado. Depois dos silêncios que trocamos, confiou-me cumplicidade. E embuída de valentia ou pavor, face nossa cilada, passou a evocar seus mortos.

Antes sua guia. — Foi numa roda de fumo. Onde tomei conhecimento da saga da Matriarca. Eu fragilizada, talvez química da erva, fato é que mexeu comigo. Tanto que, na manhã seguinte, a história continuava martelando. Dia depois que costuma apagar este tipo de coisa. Demorei em achar o fio da meada. Desenrolei muita informação embaraçada, pista falsa. Não sei quanto por estar decidida ou desorientada. Em suma, ao cabo de uma semana cheguei à Aia de Ordens. Telefone sem fio marcou encontro. Feira livre de domingo, a reconheceria pelos cachos embranquecidos sob véu, cuja tintura e tecido perdi na memória. Na sua cesta exclusivamente gengibres, para que eu não me confundisse.

— A entrevista foi obtusa, frases cifradas, muita desconfiança, os verdureiros entuchando-nos a xepa. Incisiva e sincera reiterei lealdade e disposição pela causa, abri mão de remuneração. A Aia baixou a guarda. Entretanto, exigiu-me prova de capacidade. No endereço revelado, eu deveria depositar um carro do ano, não fazia questão de modelo, ainda naquela noite. Clara a incumbência, deslizou entre as barracas e se escafedeu. Traguei praticamente todo meu estoque de maconha para rifar o nervosismo, aguardei o escurecer, vesti um gorro que sempre achei ridículo e saí à luta pela causa. Bairro residencial, rua às moscas, escolhi o encomendado a esmo. Sem prática, optei por desferir um tijolo de concreto contra a vidraça da porta do motorista. Que apenas trincou. Apavorada, apressei o segundo golpe, temendo haver perdido tempo demais. Sorte de principiante, o automóvel não possuía alarme. Acelerei ao máximo, mão sangrada de quando afastei, trêmula, os estilhaços do estofado.

— Valeu-me a admissão. E uma especialização como puxadora. Já se vão dois anos. Acumulei outras pequenas incumbências, esporádicas, ditadas pelo fluxo de caixa. Das instâncias superiores, meu acesso restringe-se à Aia. Olho, ouvido e garganta da Matriarca. Reservada, sempre em tules, jamais deu brecha a questionamentos senão os relacionados a missões que orienta. Há quem especule que se trate da própria superior, resguardada em disfarce. Aventam também que a líder jaz morta, segredo que a outra encobre, preservando o moral da tropa, legado o comando da revolução. E os que praguejam que a grande mãe nunca existiu, um ou mais usurpadores deste mito administram fortunas a custas de crédulas como eu. Qualquer uma destas versões é plausível. Falta de perspectivas nublam mesmo conjeturas. Que nos explorem, enganem, nos ponham em risco. Não é pouco terem nos emprestado uma causa.

Ameaçava uma borrasca. Encolhíamos de frio. Lisa sacou um baseado: nossa ceia está garantida. Custoso acendê-lo, ininterruptas rajadas. Relâmpagos no horizonte rachavam o firmamento. Aceitei pitar. Sorvi da cigarrilha com gana que satisfizesse os calafrios, o estômago, o âmago.

Depois seu desejo. — Eu novata ainda. Primeira incumbência em contato direto com uma auxiliar do lar. Patrão viajando. A Agente 36 necessitava de uma avaliação de resistência do piso. Demanda recorrente. Dinamite que dê conta de cofres reforçados pode abrir buraco no chão. E todo esforço ir junto nesse ralo. Teste simples. Alguém cutuca o teto do apartamento do andar inferior com um martelinho especial, enquanto o auscultador acima analisa a ressonância provocada.

— Recebeu-me simpática, idade aproximada à minha. Lanchava, seria um prazer se a acompanhasse. Patê de ervas finas, autoria dela: a patroa não sabe fritar ovo, mas coleciona os melhores ingredientes; minha distração é inventar combinações. Dirigiu-me perguntas demais, deixou-me ressabiada. Mas seu magnetismo acabou me desarmando. A Aia me antecipara que se tratava mesmo de uma agente especial, tão cativante, encantava qualquer patroa. Convidou-me para conhecer seu quarto. Metro quadrado, beliche, colchão no vão superior, armarinho abaixo. E uma tela em guache, borrada silhueta feminina de bruços, ombros arqueados para frente, braços tesos e convergentes, como se almejassem seu próprio sexo. A cabeça contorcida fitando quem apreciasse o quadro, mas em vez de rosto, uma pincelada brusca e alaranjada. E a partir das batatas das pernas, um rastro de tinta que ia minguando, surrupiando os pés. Enfeitiçou-me: espero que tenha gostado; pintei meu desejo; sinto-o assim.

— A missão transcorreu sem imprevistos. Ela havia se certificado de que os vizinhos estariam fora naquela noite. Desativara também a câmera de segurança do corredor no lance inferior.

Chave mestra, banquinho e algumas marteladas, foi tudo. A estrutura aguentaria o tranco. Ao nos despedirmos, insinuou que muito lhe agradaria se dividíssemos um vinho branco: na adega são tantos; nunca dão falta. Eu já seduzida, não recusei. Folgadas no tapete da sala, rodava disco das paradas de sucesso, mau gosto que ela contudo apreciava, as taças eram delicadíssimas, de vinho nunca entendi grande coisa.

— Revelou-me que manipulava venenos: são como ervas finas; doses certas alteram sabores, além de apagar vestígios. Incursou no ramo depois que uma idosa patroa participou-lhe que a havia incluído no testamento: doei tudo para a causa; quem tem posses perde a liberdade. Divagou sobre sua arte: minhas pinturas duram dias, quando muito, semanas; depois as queimo; são intensas porque breves. Retratava fundamentalmente o próprio corpo, não por narcisismo, mas para extravasar um ardor incorpóreo: e quando a cartolina consome-se nas chamas de alguma vela, sinto que finalmente cumpriu seu propósito. E seu desejo: quantos homens já pulsaram dentro de mim, mulheres com línguas de borboleta, mas tão raro eu compartilhar do mesmo êxtase; não consigo querer minha alma estendida nessas mesmas camas. Arrebatada pela bebida, compreendia-a plenamente. Ela conseguia verbalizar intimidades que eram minhas também. Revelações que desencadearam cintilâncias em certos pontos de meu corpo. Tipo de orgasmo tão incomum. A anfitriã me observava com curiosidade ou outro interesse. Olhos penetrantes e sabedores. Acho que fizemos amor, tocando-nos com olhares e palavras.

— Passei a semana seguinte aturdida. Como que impregnada por qualquer poção que ela teria vertido dentro de meu copo, nalguma desatenção. Era a segunda vez que perdia o chão. Logo eu, já convicta de que na vida só se passa por isso uma vez. Mas a Agente 36 foi breve como sua arte. Morreu poucos dias depois.

Na autopsia, envenenamento. Ela não era unanimidade na rede. Junte um pouco de inveja, a missão que era de uma e a outra levou, a suspeita de que nem todo dinheiro do cofre chegou à creche. Ou então ela atingiu a receita perfeita de seu patê de ervas. Não conseguiu apagar os vestígios tóxicos, mas as próprias impossibilidades dela.

A grande tempestade acercou-nos. Raios desabavam circunferentes, acuando a barcaça. Formou-se uma névoa manheira. Em nova tentativa, desta vez bem sucedida, pus em brasa algumas pedras de carvão. Pelavam cingindo de escarlate o nevoeiro. Servia menos como aquecedor que etérea libação para as visagens de Lisa.

Por fim, Bela. — Sobrou apenas seu endereço eletrônico. Ela agora morava só no pensamento e em algum canto virtual. Resisti ceder à tecnologia ou a meu orgulho. Fosse um endereçamento postal, um número de telefone, caixas de correio e cabines telefônicas são muito mais permissivas. A barreira tecnológica foi importante aliada de minha convicção capenga. Mas as letrinhas grudadas àquela arroba incomodaram-me meses a fio. Rendida, acabei matriculada em cursinho de informática onde me amestraram a navegar pelos mares digitais.

— Ao menos uma vez por semana frequentei cafés conectados. A primeira mensagem que enviei saiu com muito custo e palavras vacilantes. Sem resposta, nas tentativas seguintes apenas a reproduzia com o mesmo título, maquinalmente: lembrar você. Acumularam-se nas caixinhas de entrada ou se perderam nas quebradas deste mundo paralelo. Mas obcecada, lá recaia eu semanalmente. Paciente e estúpida como a ampulhetinha girando na tela do micro enquanto o texto era despachado. Até que aniversariei, e finalmente veio a resposta: achei que hoje eu deveria lhe escrever. Somente isso. Sequer me desejava felicitações ou muitos anos de vida.

— Trocamos poucos bilhetes, desconforto que me inibia partilhar tantos sentimentos que guardei magoada, denunciar o tanto de bem e de mal que ela me fizera, a paixão que eu ainda conservava devidamente congelada dentro de mim. Da parte dela, talvez se protegesse da turvação que poderia propagar se revolvesse águas já apaziguadas. Restou-me reconhecer o erro que fora aquela tentativa de reaproximação. E redigi uma última mensagem. Saiu tão convencional, impessoal, quando ficou pronta encheu-me de lágrimas, como compensação. Na consequente despedida dela, seu último pedido: remeta-me uma foto sua, nunca me presenteou com nenhuma. Anotava um endereço e terminava de onde recomeçáramos: para lembrar você. Comprei uma máquina portátil, apontei-a contra mim. Minhas mãos tremiam como se fossem disparar o tiro de misericórdia. Tomei coragem encarando a lente caolha, puxei o gatilho. Talvez ela conseguisse ler na expressão de meu olhar, aprisionado naquele retrato, tudo aquilo que fracassei transformar em palavras.

— Na última vez em que estivemos juntas, quando me propôs ruptura, eu nunca conseguiria mesmo aceitar que ela me dividisse com outros. Por mais que eu me esforçasse a modificar minha natureza, sofresse em silêncio. Além disso, o relacionamento com o pianista seria mais sério que ela imaginara. Sairíamos muito mais machucadas se insistíssemos. O caldo de mandioquinha do boteco que nos reunia deu nó em minha garganta. Contrariada e dolorida assenti, mal disfarçando naturalidade. Ela sorriu como nos tempos em que nos quisemos com leveza e descompromisso, e me arrastou pela mão: então vamos comemorar nossa última noite. Como um epílogo dos divertidos tempos, rodamos de carro fumando baseados, invadimos uma boate da onda, caímos em arrasta-pé, duelamos em fliperama, tomamos espumante em restaurante grã-fino de onde fugimos sem pagar, carregando inclusive as taças de cristal. Terminamos brindando nosso último amanhecer juntas na areia da praia. Circuito que lhe deve parecer familiar. Afinal, raptei-o para este rito de adeus na noite antepassada.

Brumas adensaram. Mal se distinguia a fumacinha da seda. Lisa tornou-se uma imagem dessaturada, quais seus fantasmas. Enrolava o quarto fumo, inconsequente. Cujo efeito o jejum potencializava. Indagou-me sobre meus desejos, minhas feridas. Desprevenido, calei. Alterada, tropeçando nas sílabas, alegava inconcebível que eu não sentisse qualquer atração por ela. Se não sensual, ao menos jovem e esguia, afinal, sós naquele bote. Surpreendeu-me então baixando meu zíper, cena ainda mais inverossímil sob a névoa: não tenha receio, só quero recompensar quem cuidou de mim. Paralisado, mais corado que a incandescência do carvão, ela apalpando meu íntimo, ele inerte: não faz mal; há outras formas de se fazer isso.

Grogue, arriou as próprias calças até os joelhos. Que a neblina não respeitou e me permitiu divisar pelos e contornos. Irreais e explícitos. Tomou-me intrusa a mão, guiando-a até seu sexo. Onde guardou alguns de meus dedos. Que o tatearam, submergiram, exploraram. Perturbando-me. Pois ela tão distante, impassível. Dialogando com seu avesso. Quais seus pensamentos? Outros tempos, suficiente estímulo. Mas ali, pouco valia licenciosidade se indiferença. Desacelerei os movimentos. Seu corpo decaído. Recolhi meus dedos delicadamente. Talvez ela houvesse adormecido. Tragara tanto, fraqueza da dieta líquida. Respeitoso, recompus-lhe as vestes. Minha cabeça doía. Alucinógenos ou cansaço. E um sentimento inominável. Que eu experimentava pela primeira vez. Acabei também desmaiando. Nos sonhos, nem aparições submarinas.

Com roncos de motor despertei. Clareara. Era real a embarcação no horizonte, enxaguei repetidamente o rosto até me dar por convencido. Rota tão decidida a nosso favor, desnecessário gesticular por resgate, abanar bandeiras. Abeirou-se imponente, sombreando o humilde uilson I que, bem ou mal, nos servira e alimentara. E do convés voz anunciou solene: guarda costeira. Rebocaram-nos. Estávamos detidos.

Assim foi que afinal alcançamos a ilha. Cuja delegacia nos acolheu. Reservaram-nos celas separadas, uma defronte à outra. Lodosas de maresia, porém asseadas. Em cada qual, leitos de molas, colchonetes forrados com panos gastos. E latrinas, pudicamente protegidas por cortinas plásticas, opacas. A ausência de demais prisioneiros, cartão de visitas do pacato vilarejo. Dois polícias revezavam-se em nossa guarda, razoavelmente solícitos. Talvez retribuindo o significado de que reinvestimos seus ofícios. Tão assemelhados, para além do fardamento idêntico, que os tomei por gêmeos. Não cruzassem no corredor do presídio certa ocasião, ainda que breve, e afiançaria tratar-se de um único – reavivaram-me insólita comédia romântica do Cinemeiro, irmãos siameses que partilhavam a mesma namoradinha, até desvendarem estupefatos que se tratavam de trigêmeas em rodízio; o filme terminava casando-se os cinco, todos com todos, feito dois, ou como juraram diante de um padre gagá ou estrábico: agora uno, multiplicados pelo amor.

Serviram-nos sopa de legumes, sorvemos esganados. Sensibilizados, repetiram-nos a porção. Solicitei que medicassem Lisa, ainda debilitada, prontamente atenderam. Ela encolhida, arredia. Decerto não fosse primária, temesse que lhe levantassem todo o fichário. Também não se opuseram ao telefonema a que eu teria direito. Mas a ligação não completava: é o mau tempo; problema crônico de comunicação desta ilha, não raro ficarmos totalmente isolados.

Anoiteceu. Ouvi quando passaram o ferrolho. Ninguém nos vigiaria noite adentro. Lisa sob o lençol, procurei saber se mais disposta. Não respondeu. Eu insone, fechava as vistas e a cama marulhava. Verifiquei ligeira febre também em mim, respirava mal. Juntas inflamadas, necessidade de caminhar tolhida na embarcação. Ergui-me e percorri longa jornada feita de círculos estreitos pelo cubículo. Claustrofobia, talvez arrependimento. Então, notei-a sentada rente à parede, imóvel. Feixe de luz de mercúrio que furava as grades, alcançando-a apenas até os ombros. Na falta de lua, só dorso a loba. Ou ainda o de um tigre enjaulado, imaginei-a em penugens crispadas, garras debatendo-se contra o engradado. Sedentos olhos verdes implorando-me uma saída. Brecha, que fosse. Fera irrequieta. Atiçada talvez por tantos sons invasivos, guinchos, pios, rebentação. Materializavam nuvens de cigarras, hordas de corujas, um mar inteiro dentro da cela. Que ela tentava destroçar com seus dentes afiados. Em vão, pois livres. Eu suando frio. Preso à sua inquietação. Acedi finalmente, me abri para ela. Desenfreado. Sem mais com que saciá-la senão meus desejos, minhas feridas. Como ela me pedira.

Contei-lhe das musas do ateliê fotográfico. Para as quais com tanto capricho eu preparava cenários. Distingui-las, ensinou-me o Fotógrafo, meu tutor profissional. As de signo terra. Rudimentarmente belas, ossos largos, carnosas. À vontade, descalças revolviam o território do qual logo se apossariam. E a partir disso, dominavam a cena desafiadoras, atraindo a lente como uma presa incauta. Para estas, regava o chão assentando poeira. Temperando-o cuidadosamente com serragem, amortecendo-lhes o palco onde solavam com tanta envoltura.

De signo água. Frágeis e abundantes. Curvas perfeitas, um curso de rio desviado por elas se comprazeria. Leitosas, exigiam apuro no foco, caso contrário, derramavam. Criei-lhes cachoeiras, punhado de esguichos. Fiz chover, baldes e peneiras largas. Edifiquei oceanos de plástico azulado. Mulheres máquina. Ágeis, decididas, poderosas. Não fossem clicadas freneticamente e a magnitude de seus movimentos impossível de ser capturada. Certa vez, destruímos dois metros de parede para um calhambeque entrar no estúdio, compondo o ensaio.

E aquelas de signo nuvem. Tão impalpáveis. Descuidasse e esvaeceriam. Desafiavam o melhor dos rolos de filme, pois não se revelavam. E seus silêncios impenetráveis, ora acanhamento desproposital, ora entrega inesperada, dotavam sessões profanas de uma atmosfera pesadamente sagrada. Sobre estas, além de técnicas para esfumaçar gelo seco, pouco aprendi. E ao longo da vida, cada vez mais fui desaprendendo.

Contei-lhe que o Fotógrafo apelidava-as espécimes de pássaros. Esbaldava-me de rir, alguns pegavam tão engraçados. Bem te vi, imponente, cantava em falsete enquanto posava. Alta. E recusava-se a descalçar um salto de dez centímetros que a tornava inalcançável. Esnobou meu tutor até o fim dos trabalhos. Que caído por ela prolongava as sessões, fingia: queimaram os negativos. Para repetir tudo. Ela se deleitava com mentiras esfarrapadas dele, topando o jogo, seduzindo-o assim ainda mais. Quando partiu, ele chorou cinco dias ininterruptos agarrado ao salto agulha com que foi presenteado. Rolinha, delicada, tinha tique de piscar descompassado. Colocando à prova mesmo experimentados fotógrafos. Namorico efêmero entre ambos. Mas era deslumbrantemente fotogênica, a ponto que o único pôster exposto no estúdio tinha ela como modelo. Diante do qual o autor não cansava de suspirar: sublime artista, fosse igualmente amante e eis a perfeição.

Quero-quero, ardente, lentos os progressos do ensaio, pois ambos sempre acabavam se atracando mal iniciados os preparativos. Época em que o reprodutor emagreceu, consumiu tanta energia com seu objeto artístico que temi perder o emprego, cobranças de aluguel atrasado entupindo a caixa de correio. Quando ela trocou-o por outro, ele calou fundo, não sei se dor ou alívio. Engole-vento, magérrima, identificava-lhe cada vértebra. Talvez por cientificismo anatômico, viveram uma relação tão inusual quanto os ângulos obtusos a que ele submetia a câmera captando-a em focos fechados, deslumbrado com aquela ossatura. Provável arriscassem posições sexuais também pouco convencionais, pois lhe reincidiam cãibras, torcicolos, dores lombares. Terminaram, ele coberto de emplastros. Houve tantas outras. Chega-e-vira, de pouca conversa. Ave-fria, linda e sem talento algum. Andorinha, Cotovia, Saíra. Enamorei-me também de outro modo por cada uma. Revoaram.

Contei-lhe de quando irrompi o ateliê atrasado, como sempre. Insone de moço, madrugava caçando crustáceos na enseada, custava-me a pontualidade. Deparei-me com o maquinário fotográfico encaixotado, mochila estufada. Cenários desmontados. O Fotógrafo expondo-me motivos que não compreendi ou me recusei. A convivência de dois anos na juventude representam bem mais do que realmente somam. Já me retirava rebelde, ele impediu. E então me dedicou seu relógio como recordação: sei o quanto você o cobiça; será útil para que não perca mais hora, agora terá emprego de adulto. E ordenou que eu procurasse naquela mesma tarde o diretor da Companhia. Acerto de contas entre ambos, o outro me ofereceria algo condizente. Meu mestre revoaria também. Aquele que me ensinou a talhar no isopor, escolher tintas, dispor elementos cênicos da forma mais apropriada ao enquadramento, que folhas de palmeiras secas evitam reflexos e fotografam melhor, sobre a distância mais adequada dos canhões de luz, que flanelas alaranjadas sobre os jatos luminosos criam um ambiente sedutor e, sobretudo, a admirar mulheres. Abraçamo-nos. E pela primeira vez eu chorei diante de um homem.

Aquele relógio, deixei recentemente no estrangeiro. Na Companhia, anos seguintes de minha vida. Em troca, privilégio de me suster com alguma dignidade, direito de ocupar edícula em terreno baldio pertencente ao diretor, este sensível às minhas constantes temporadas em pensões baratas. Até que o próprio estúdio cinematográfico fosse encaixotado. Esta última frase tombou exausta. E me forçou pausa para tomar fôlego. Recuperei saliva. Mas atônito, percebi que tudo já estava dito. Concreto armado do cárcere ainda ecoava meu discurso afogado, estereofônico. Alongando esforçoso sílabas retardatárias, já desconfiado de que minha história não renderia muito mais. Outra manhã já rompendo barras de metal. Frio de outono. Eu esgotado. Quisera prosseguir contando sobre quem eu amara, filmes do Cinemeiro. Mas essas histórias já não eram minhas. Roubadas.

Lisa imóvel. Assim permanecia. Talvez sonâmbula. Absorveriam minha narrativa somente seus sonhos. Transformada ela em passarinho, eu um de seus fantasmas.

Capítulo 5

A ILHA

É um filme. *Não há abertura. Saberemos ao final, tampouco desfecho. Tela ainda escura, trina um telefone, cinco tentativas e meia até desistir. Longo minuto. Lapso de imagens, estrila o fone, mais cinco toques e meio, que agora um apito interrompe. Aciona secretária eletrônica, pausa prolongada, mas alguém aspira do outro lado da linha. O gravador captura uma palavra, vem lenta, gera expectativa, a seguinte também vacila, outra, até que frases completas deslanchem. Vocal feminino, idioma desconhecido. Não há legendas. Gradualmente, o contraste revela a cena. Branca e preta. Câmera fixa, homem de meia-idade, poltrona, aparelho telefônico, fundo nu. Ele ausente, é só reflexão. O discurso dela se encerra abrupto, gravação estanca, fita rebobinando. Concomitante, o foco vai desbotando. E um turbilhão de sequências aceleradas concorrem-lhe translúcidas em segundo plano. Indistinguíveis. Passado que ele rebobina, tenta reconstituir, compreender ou superar. Nova ligação, gravador acionado, é a mesma cantilena que ela reprisa, já mais decidida. E aflitivos refluxos deste telefonema emendam-se. Enquanto isso, o arrebatado fluxo de memória do protagonista elege passagens para revisitar em câmera lenta. Aleatoriamente. Nenhuma trilha sonora.*

Trata de uma história de amor. Ou duas, pois cada um dos dois a viveu de seu modo. Assemelhada a tantas outras, eis ali a descoberta, a paixão, a ruptura. Devidamente exacerbadas. E a iminência do reencontro, tão logo e se ele atender ao telefone. Que pode ou não selar a reconciliação, isso nunca saberemos. Na memória filmada, os dois jamais contracenam. Somos induzidos a crer que trocam intimidades, dividem a mesma cama, discutem, passeiam de mãos dadas. Mas as tomadas isolam ora um, ora outra. Sutil recurso que enche a tela de solidão. Imperceptíveis as variações de expressão do personagem. Já nas repetições do texto, ela alterna perplexidade, indignação, contrariedade, sofrimento, indocilidade e impotência. Determinado episódio revisto revela-nos que é ele o autor das sentenças que ela remói. Um bilhete de despedida. Então entendemos que estão lidando com a perda, também cada um à sua maneira. A mocinha irritada, revirando o sentido de cada palavra, vasculhando gavetas vazias das entrelinhas. O rapazinho recolhido, folheando um álbum de fragmentos que não completará as respostas que ele precisa. Dueto de som e imagem, descompassados. Talvez se cruzem entre o projetor e o infinito. Mas antes, e sempre, a sessão termina.

Enclausurada manhã. Recordação desta reprise do Cinemeiro. Especialmente, um fugidio encanto no olhar de seu intérprete. Que continuava me instigando. Coincidindo com a releitura mais dispersiva dentre as versões dela. O mais próximo que ele teria chegado da revelação. De alquimia reparadora da perda ou cura daquela dor. E escapava-lhe logo no fotograma seguinte. A cada reapresentação, também eu me aventurava nesta captura. Semelhante, me escapulia. Agora, perdida a liberdade. E o cinema sequer me ensinara lidar com a perda de uma paixão. Mas nunca antes tivera alguém com quem as compartilhasse. Ainda que separados por grades. Lisa, impossibilitada aqui de escapulir.

Soltaram-nos naquela tarde. Intervenção do diretor da Companhia, restabelecidos canais de comunicação com o continente. Tive acesso somente à Secretária, mas a cólera dele vazava pelo fio: não bastasse e ainda arrasta uma gaja; agora que não falta mais nada mesmo. Nenhuma outra queixa contra nós senão o furto do barco, presumi que o esfaqueado sobrevivera e temera ser acusado da tentativa de estupro. Nestes termos, calculei pagável minha nova dívida. Devolveram-nos a sacola com partitura, minha carteira. Lisa dera entrada sem mochila, documentos, dinheiro ou qualquer outro pertence. Como convém a agentes clandestinas. Exceção à caixinha de fósforo recheada da erva, obviamente retida. Foram gentis dedicando-nos o restante da cartela de comprimidos com que medicaram a garota. E, principalmente, o pôr do sol que havia no lado de fora.

Árduo convencê-la a pernoitar no vilarejo. Alcançar a morada do pianista nos exigiria vencer uma encosta, quase vinte quilômetros de caminhada, retiro em praia particular. Logo anoiteceria. Ou contornar a ilha por mar, pesava o trauma de nossa recente aventura marítima. Ainda lhe persistia alguma febre. Acedeu com má vontade. Hospedamo-nos em dois quartos da pousada mais jeitosa. Investimento de boa monta com que arquei, me envergonharia metê-la em espeluncas. Incomodaram-me burburinhos na portaria, reações preconceituosas, ex-prisioneiros que éramos. Recolheu-se sem janta, fruto do mal-estar que não queria admitir. Quanto a mim, tomei o melhor banho quente de minha vida. Percorrendo depois o comércio antes que baixasse portas.

Adquiri peças íntimas. E decidi fazê-lo também para ela, infringindo autocensura inicial. Afinal, poderia interpretar mal meu gesto, forçosa intimidade. Atrapalhei-me ao discriminar cores e modelos. E enrubesci quando a vendedora esticou o elástico de um modelito de negra renda vazada: fará mais sensual sua esposa. Verdade que o sexo da presenteada não me era segredo inviolável. Mas tão embaraçado na circunstância em que o conheci, sequer reparei na calcinha que usava. Permitiria-me agora deduzir preferências. Optei então por modelos convencionais, tons neutros. Já ia pagar quando arrematei também bolsa a tiracolo alaranjada. Envolveria com discrição meu atrevimento.

Varri ruelas arenosas esganado por café de máquina. Todos de coador, conformei-me com um amargo. Sem apetite, recusei broa da promoção. Desperto demais para me recolher. Então, celebrando a reconquista do direito de ir e vir, fui e vim diversas vezes pela orla. Espremida, rochedos e foz de riacho. Poucas mudanças em relação à minha última estada. Talvez reformado o píer, madeira cheirando a verniz. Nele, andei sobre as águas. Assentando-me na extremidade, quase tocava a vazante com pontas dos pés. Emissário marítimo reocupado, regressei também no tempo.

Antecedente visita à ilha. Há quatro anos. Conduzia acompanhante que selecionara para o pianista, ele ainda enxergava. Preferi retornar ao centrinho por terra firme. Piscina rasa já me apavorava, e mansa da concentração de correntes marinhas daquele arquipélago. Fora de forma, suei para escalar, medrado, acautelei-me demasiado na descida íngreme. Resultou que perdi a única balsa noturna. Irritei-me profundamente, dia do Cinemeiro mudar de cartaz, eu ilhado. Até a madrugadora, horas sobrantes. Troquei de bares, fumei dois maços, mapeei todo território, clima abafado, noite alta, ao invés de albergue resolvi aguardar o dia amanhecer naquele mesmo píer.

Os geradores foram sendo desligados, breu e silêncio agora em sintonia. Afundei dentro de mim, até que vulto de moça me recuperou: é uma boia de sinalização. Custei para entender a que se referia. Jovenzinha, de cócoras a poucos metros, empunhava latinha de cerveja: aquela luzinha ali. Ela apontava para alto mar, finalmente avistei o pontinho vermelho, quase invisível: é uma boia de sinalização; pensei que fosse uma embarcação; entristecia-me, pois nunca chegava. Calou-se aliviada com a própria descoberta. Desde moço acalentava desejo de roteirizar um filme. E eis frases perfeitas para sua abertura.

Pretensão de criador comodamente adiada por mim, manca aspiração, débil inspiração. Ou refém de dias iguais. Despertador às dez da manhã. Banho morno, barba feita, camisa e peças íntimas sorteadas, diariamente. Calça, relógio, calçado diários. Faxina, lavanderia uma vez por semana. Caminhada de dez quadras até a Companhia, duas delas desvio para um bem tirado café expresso. Almoço na copa do estúdio, marmita saborosa, cardápio caseiro variado a preço condizente. Turno corrido até às vinte horas. Lanche ligeiro no balcão de qualquer botequim no percurso do Cinemeiro. Nove da noite, última exibição aberta ao público. Madrugada adentro, sessão coruja que Banguela e eu compartilhávamos. Domingo a domingo. Entrava ano, saía ano.

E, entretanto, refugiava-me nesta rotina. Fora dela, eventuais encomendas delegadas pelo diretor, entrega de pacotes sob sigilo, prospecção de talentos para futuras rodagens, transporte de equipamentos, orçamentos de componentes cênicos. E infrequentes excursões à ilha, conduzindo pretendentes do músico, quando outros compromissos do Farejador o impediam. Local mais longínquo desbravado por mim até então. Vida avara, contudo confortante. Atado a ela, sentia-me protegido. Tantos sentimentos ainda assim me concedia. Filtrados por máquinas que rodavam cenas ou as projetavam. Raramente frutos de minha própria vivência, tudo tem seu custo. Pois à trama de um bom roteiro não bastam colagens de histórias alheias. O vulto de moça amassou o alumínio, ergueu-se embebedada, convidando-me: vem comigo, vamos arranjar mais cerveja. E trançou pernas em direção à praia. Desconsiderei segui-la. Já havia me presenteado com aquela introdução para meu futuro roteiro. Não era pouco.

No dia seguinte, muito cedo, Lisa e eu encaramos a subida. Insensível, sol que nos alcançou. Vereda ao léu rasgando mata abundante. A moça da foto sempre retardatária, seu curso de sobrevivência na selva decerto não incluíra escaladas. No ombro, a bolsa que acolhera com reservas. Refrescaram-nos nascentes, oásis ao longo da trilha. Viagem esta sem imprevistos. E, por volta do meio-dia, pisamos a praia particular. Recuado, no sopé da encosta, o casarão assobradado. Caco de vidro, muro alto, portão maciço. Demora em responder à campainha. Anunciei-me insistente, replicavam desabitada a morada, somente caseiros guardando-a. Pedi pelo Capataz. Nova espera. Enfim, porta entreaberta, avistei o velho que, reconhecendo-me, escancarou-a amistoso.

Recepcionou-me com abraço. Apresentei-lhe a garota. Sem entrar em detalhes, busquei convencê-lo da importância daquele encontro, ela e o músico. Ouviu-me grave, reiterou que o patrão fechara-se em si mesmo, indevassável. Sensibilizaram-no meus apelos, o consultaria. Tardou no interior da morada. Ressurgiu enfim, sinalizando positivamente ainda da soleira, que a moça o seguisse. Nas mãos dela, pousei o caderno de partituras. Em seu olhar, ligeira impressão de que me pedia ajuda. Engano, ela não precisava de mim. Naquele ato não cabia um terceiro personagem. Confiante, sorriu-me de soslaio. Então, guinada resoluta, mergulhou na imensidão da casa. Enquanto me encantava com tanta valentia.

Aguardamos no alpendre. Vista para mata. Capataz despencou na espreguiçadeira, eu noutra. Serviram-nos café fresquinho, incrivelmente adocicado. Biscoitos de polvilho tão gostosos. Ossos dele trêmulos cravados em cajado rústico. Abordou o recolhimento do pianista. Fatos amplamente divulgados, cerco de repórteres, fãs, curiosos, barricadas em sua defesa: doutor não se encontra, não temos notícia; esta casa é de veraneio, não há mais prazer no doutor em veranear. Até o desinteresse e esquecimento. Outros dedutíveis: custa a deixar a cama; não ultrapassa esta varanda; nunca mais se aproximou do piano, já deve ter enferrujado; fala pouco, mal belisca comida. E aqueles mais reservados: ainda hoje recorre a serviçais na hora do banho; não se deixa reaprender nada. Divagou sobre esta constatação. Com a autoridade de quem já viveu quase noventa anos. Sonhava acordado.

Era jangadeiro outra vez. Pescador de espinhel, rede de calão, curral e tarrafa. Versátil. Pilotava canoa mares profundos, varando noite, mergulhava em lage de pedra atrás de lagosta, chafurdava em manguezais, não sobrava caranguejo. Destemido, desimpedido. Rompera os quarenta quando artrose degenerativa o fisgou. Puçá não manejava mais, mal se aguentava com anzol chumbado. Imprevidente, sem pé-de-meia, passou apurado sem trabalho. Teimou oferecendo-se em pesqueiros, podia ainda escamar, eviscerar peixes, mas pescador que se preza é polivalente, não carece disso. Apertado, agarrou única oportunidade à mão, ajudante de caseiro. A contragosto: trocar todo oceano por um pedacinho de terra. Lá conheceu Dona, governanta da chácara. Denominou-a assim. Por resguardo, respeito. Ou rancor, um pronome que não tratava de ninguém.

Sublinhou-me seguro: da metade da vida em diante, a gente não se adapta, reaprende. Dona apacientara-se dele: era didática, tino para professora. Além da natureza indomesticável dos marujos, inábil com tarefas que exigiam esmero: quebrei quatro pratos de porcelana fina na primeira pia. Ria-se com vontade. Descreveu-a elegante. Mais velha alguns anos, nessa faixa em que só casa de dez faz diferença. Enveredou-o pela jardinagem: escolher melhor muda, enraizá-la, armar tela de sombreamento, distinguir erva daninha. Por conta das limitações dele, era ela quem arava, abria sulcos, podava arbustos mais robustos: trabalho de homem; ensinou-me também humildade. E o marinheiro de águas áridas de repente cercado de flores. Pousavam no sítio, certa feita, findo jantar, convidou-o para assistir novela em seu quarto. Novo convite, tocaram mãos em frente à tevê. Uma noite pediu que passasse com ela. Quando se apercebeu, estavam juntos.

E assim ficaram: só seis meses, para ser exato; mas hoje, com a vida prestes a pedir a conta, não param de crescer. Omitiu motivo do rompimento, nem sempre há explicação: Dona não me quis mais. Precisou: não em sua cama; o afeto ela mantinha. E nos dias que seguiram, relatou-me tudo o que ele desaprendera. Dormir sozinho, beijar no rosto, evitar dar as mãos, tratá-la de Dona: era bem cedinho, separava sementes, dei-me conta que havia desaprendido reconhecê-las; chorei feito menino. Não conseguiu reaprender ou não tentou o suficiente. Abandonou teto, ganha pão e a mulher que mais amou, ao cruzar de malas os limites da chácara: por isso afirmo, sou um sobrevivente; e maiores perigos enfrentei em terra firme, não em águas revoltas. Havia até leveza em seu relato. O tempo relativiza tudo, lágrimas secam. Mas dores incrustram-se. Tempo que lhe enchera de rugas a pele. As da alma tinham outra autora.

Cão de pelos ralos achegou-se, Capataz afagou-o. Apresentou-me: Neta; sei que soa estranho cães com avós. Mas representava efetivamente uma terceira geração. Adotara a mãe, nem desmamada, recém agregado à colônia daquela remota praia. Assim como depois recolheu esta, filhote ainda, parto mal-sucedido que lhe roubou a parida e o restante da ninhada: mas ela é cara e focinho das antepassadas. Ninharias que iludem a crueldade do tempo. Como seu dono, curto futuro. Mancava de pata, cegada uma vista: a pobrezinha não pariu. Decerto instinto, ele não sobreviveria à próxima escala da linhagem: todos precisamos de alguém que nos cuide; há casos em que levamos tempo demais para se dar conta disso.

Há trinta anos, encalhara na colônia. Tribo coletora, nenhum ideal coletivo, refúgio de desgarrados. Cada membro confinado em si mesmo. Acesso duro por chão, traiçoeiras correntes guardando a costa, destino de aventureiros, marginais, desabrigados. Mas devia a ela sua reabilitação. Imperialista, o turismo a desmantelou: loteavam qualquer pedra com o nariz fora d'água. Caíram suas cabanas de palha, poluíam a paisagem, vastidão de areia branca e mata virgem, de elevado valor comercial. E os colonos migraram sem luta, para se refundar noutro confim. Até que exércitos de imobiliárias continuassem empurrando-os, indefinidamente. Capataz deixou-se ficar: estava cansado de fugir de mim mesmo. Assistiu erguerem o casarão, prestou pequenos favores aos proprietários que se sucederam, indiferentes à sua permanência: também cara e focinho uns dos outros; o tempo não repete só cachorros. Propriedade revendida ao pianista, promovera-o à capatazia: logo eu, que não chefio nem mesmo Neta. Ria-se com vontade.

E daí, testemunhara privilegiado o silêncio do artista. — Sou ignorante em arte. Mas sinto que sua música esgotou. Parece-me natural, tudo acaba um dia. Amor, mágoa, amizade. Tudo aquilo que não se pode pegar, manter acorrentado. Escapa, quando a gente mais despreparado. Ou perdura, até que é a gente que acaba. Difícil lidar com a perda do que realmente nos importa. Poucos conseguem. Há quem finja não ver. Ele foi incapaz disso. É covarde para acabar com tudo. Por outro lado, não se deixa reaprender. Fica assim, nem cá, nem lá. Entristece-me, pois ainda é jovem. Vai ter que carregar sozinho aquele piano emudecido por muitos anos.

Mencionara minha presença ao patrão. Era bem-vinda, Capataz confidenciou-me: sente falta das acompanhantes. A permanência também seria: nem que seja por curta temporada. Choupana em desuso ao final da enseada, mobília completa. Acomodaria confortável uma pessoa, com pequenos ajustes, um casal. Não me aborrecesse, poderia retribuir selecionando alguma companhia para o pianista, como antes: no arquipélago mesmo, barqueiro à sua disposição. Emendou sombrio: somente o pó o tem distraído. A estada, pelo tempo que eu desejasse. Sorria-se desdentado, eis sua colônia restabelecida.

Pesei a carteira, a pernoite seguinte de Lisa, o fim da Companhia, a ausência do Cinemeiro, uma edícula arrombada. Quase flutuavam na balança. Assenti para festejos do velho. O pianista lhe pedira que me dedicasse algo. Pediu licença, retornaria com a prenda. Ergueu-se penosamente, mas dispensando outro apoio que não a muleta. Neta manquitolando atrás dele.

E eu deixado ali, alvo fácil das recordações. Bela, à primeira vista. Quatro anos atrás. Tocava cello, sentada naquele ladrilho, abraçando-o, as pernas abertas, ele furando o gramado. Descalça, pé direito pisoteando o estojo. Espiava-a do pátio enquanto providenciavam cheque, aprovada a pretendente conduzida por mim. Nunca ouvira um violoncelo solar. Talvez em alguma trilha, mas daí pensara tratar-se de um som que não se tira, gera-se espontâneo. Como apitos de navios fantasmas. Arco que arranhava cordas, dedos que as premiam e, entretanto, eram de seus olhos tristes que parecia vazar a música. Passagem que ela repetia à exaustão, metódica dor. Soava-me perfeita, perfeição que não existe. Ao fundo, um equilibrista mosaico de azulejos. Pois escorava a moça, represava o poente, propagava a musicata. E me embevecia.

À época, indaguei Capataz a respeito da instrumentista. Foi vago: caso a mais do patrão. Ecoou-me duradouro o trecho repassado por ela. E sua pose azulejada. Quisera retratá-la ali, perpetuando tudo o que eu sentira, embora negativos não toquem cello. Abalou-me. Espalhava-me na espuma da barba matinal, dobrava-me nas esquinas, pendurava-se na aba das xícaras de café, tatuava-se na omoplata das atrizes, acionada pelas claquetes, ou interrupções dos letreiros ao final da sessão. Sonhava-a. Pensei tanto nela que me apaixonei. Assim mesmo, tão descabido, como nasce toda paixão. Parto melancólico, doía-me sua impossibilidade. E carregá-la ao colo por onde ia, quem nunca conheceria a mãe. Decidi enfrentá-la, e os mares. Candidatei-me a emissário junto ao arquipélago. Acumulando milhagem. Mas jamais a revi, enfurnada no casarão de onde raramente saía, garantiam os serviçais. Sem foto que a aprisionasse, meus sentimentos logo desbotaram. Distraí-me e perdi sua melodia. Relapso o tempo.

Com o noticiário, acidentado o pianista, ela voltou a me importar. Colcha de relatos inconclusivos, aqui e ali, acusando-a de alguma participação na tragédia. Andei culpado, sem saber exatamente de quê. Sondei Farejador, história truncada, muitos interesses envolvidos, o músico avesso às gravadoras, composição inédita que não ficava pronta, inesgotáveis lotes de lisérgicos, a má influência daquela namoradinha irritante que se instalara na ilha, escândalos na imprensa, rios de dinheiro que o diretor da Companhia investira e que agora entornavam. Desassossegado, contatei Capataz, telefonema inaudível, ilha sempre incomunicável. Acautelado, tratava-se de caso melindroso, imposição de silêncio. E a moça? Foi lacônico e duro: enlouqueceu, livraram-se dela.

Naquela noite, faltei ao Cinemeiro. E chorei. Depois, o dia após dia. Passaram-na. Assim como minha suposta paixão. Até que Bela anos mais tarde, em terra estrangeira, naquela torre. Revelando-me álbuns de outros retratos seus. Ao invés do instrumento, um canto de sereia. Dando-me segunda chance de salvá-la. Acovardei-me ou me omiti. Invencionei depois álibis, temeria segurança dela, nunca explícitos, mas boatos corriam, haveriam digerido mal sua alta da casa de repouso, confidencialidade entre capangas, pescara de intruso na antessala do diretor, demonstravam contrariedade por perderem rastro de indeterminada garota, óbvio referirem-se a ela. Consumasse encontro que marcáramos para o dia seguinte no Café do estrangeiro, me seguiriam, a meteria em emboscada. Ou a cilada era para mim, uma paixão somente ferida à espreita.

Filmadora digital, o agrado que o pianista me dedicava, por intermédio de Capataz. Seminova. Não maior que dois palmos. Acariciei-a alumbrado. O velho contente por mim. Ajudou-me desvendá-la, indócil tecnologia, manual sem legenda. Crianças de um tempo em que brinquedos só andavam sozinhos nos sonhos. Enfim ligada, não eram tantos botões assim. Seu patrão afirmara-lhe, capaz de registrar infinitas horas de imagem. E assisti-las pelo resto da vida, telinha embutida. Vinha com defeito: não grava som; assistência técnica só no continente; fomos adiando reparo, depois o acontecido, perdeu sentido consertá-la. Até o retorno de Lisa, debutei operando a câmera. E rodei minha primeira tomada. Ao fundo, a mesma moldura de azulejos. Mas agora equilibrando um ancião renitente, uma cadela manca e o silêncio ensurdecedor de Bela ainda solando naquele cenário.

Depois, desembocamos na palhoça. Eu e Lisa, veio como sedada. Durante toda meia légua de trilhadura beira-mar, nenhuma alusão ao reservado encontro. Nem chegou, sumiu dentro de si mesma, para além das falésias, onde terminava nosso quintal. Enquanto eu colonizava a casa. Quarto, banho e cozinha de estar, os cômodos da choça. Que me acolheu amistosa, grata por lhe varrer areia represada, arejar-lhe armários, trocar água da talha, estender no varal lençóis mofados, dedicar atenção a móveis simplórios, humildes e prestimosos utensílios domésticos. Desentranhei-lhe rede de deitar que armei sob área coberta nos fundos, opção ao leito de solteiro. Apossei-me dela, balançando-na sacola de ráfia agora entulhada com minhas roupas íntimas, aliviada por haver se livrado do caderno de partituras. E sobre a tábua de passar, a preciosa filmadora. Depois fiz a cama, fincando-lhe bolsa alaranjada, bandeirola indicando posse da outra habitante. O resultado agradou-me.

Mas logo depois me abati. Não tinha direito de aprisioná-la naquele aposento, tão desorientada, dependente até de calcinhas doadas. Claudicante, depositei quase todo dinheiro que ainda me restara sob seu travesseiro. Enrolado em maço como um mapa de fuga. A deixa para perdê-la tão logo o encontrasse. Ou conquistar sua gratidão para sempre. Banhei-me, ducha fria. Deixei posta mesa de jantar, merendas gentilmente entrouxadas pelo Capataz, bolo de fubá, biscoitos de polvilho, pacote de café. Sol se punha. Finalmente ocupei a rede. Emotivo com tudo.

Cochilei. Ela adentrou já escuro. Observei-a lambiscar o lanche, nem sentou. Descobriu-me na rede, supôs que adormecido. Representação que incorporei, leve recaída da febre, garganta inflamada. Além disso, a deixaria mais à vontade. Acendeu interruptores, um a um, animal esquivo reconhecendo novo território. Ouvi chuveiro. Acalmou-me, ela acolhida. Tornou à copa, cabelos lavados, desta vez ceando dignamente. Esgueirou-se pela porta dos fundos, eu ainda desaprumado. Ziguezagueou pelos arredores. Talvez tédio, aflição, necessidade de falar. E eu despreparado para ouvir. Enfim, sossegou em bancada de madeira cravada no areal, no entorno da área de serviço. Tamborilaram-na suas palmas, de início tímidas, tateando sonoridades, fraseado rítmico dali extraído que passou a repercutir. Antes da ilha, dançaram seus mortos ao som de cabaças. Agora, batuque em improvisadas tábuas anunciava que podiam descansar em paz.

Inclusive a mim, morto de cansaço. Sono levou-me. Até que

Lisa me surpreendeu alargando a rede. Cuidadosa, foi se ajeitando, estreiteza do pano, encaixando-me por partes, de repente todo seu corpo deitado. Braço dela deslizado-me sob a nuca, outro me sobreava. Seios seus, meu peito. Coxas enganchadoras, premindo-me quadril, ventre, joelhos. Pés confundidos, os dela gelados. E seu rosto repousando-me um ombro. Nela meu despreparo, arroubo, desproteção, euforia, espanto, expectativa e impotência. Dentre o que consegui nomear. Tão próxima, exacerbando-me a solidão. Busquei-lhe a mão, assustado. Que me foi entregue. Não consegui soltá-la. E dormimos juntos.

Nunca antes dividira leito toda uma noite ao lado de alguém. Casos fugidios, urgências sem compromisso, garotas de programa cronometradas. Houve Ulrica. Mais constante, consumado o sexo, durava no máximo dois cigarros, já ia se vestindo: se eu demoro, pode ser que esqueça o caminho de casa; daí teria que ficar para sempre. Aprendi a preferir dormir sozinho, por medo de desaprender. Até que Lisa me surpreendeu alargando a rede.

Desenredei-me tardio. Ela pouco antes, fingi-me despercebido. E já não a encontrei na palhoça. Rondei seu quarto, intocável o maço de dinheiro. Isso me fez contente. Sentia-me menos indisposto. Cheguei rente à orla salpicada de conchinhas. Pegadas dela ainda realçadas, desapareciam nas falésias. Onde a vista interrompia. Tomei o outro rumo. Que me arrastou de volta ao casarão. Tantas ideias. Porto seguro, pequenos favores trocados por teto e comida, poderia avançar no desenvolvimento do roteiro, quiçá identificar boas locações. E havia a filmadora, Capataz como abundante fonte de histórias. Ao chegar à casa de veraneio do pianista, anunciei-me, agora sem barricadas. Mas o velho entocado, serviçais prevenindo-me: na idade dele é comum; fica dias sem pôr cara para fora. Ao longe, sua choupana guardada por Neta, fiel. Agendei barqueiro à minha disposição para o dia seguinte. Subtraí-lhes um pescado de porte médio e uma peça de couro, que me esvaziaram a carteira.

Compras que me entretiveram toda tarde. À cozinha, desastroso. Peixe maior que forma, retalhei-o insensível, feriu-me com espinha em defesa própria, temperos com validade vencida, carreguei no sal para compensar, hesitei se enchia travessa d'água, inundei-a pela metade, salguei também o banho-maria, inabilidade para controlar fogo alto e baixo, recinto todinho esfumaçado, carne do bicho dissolvendo-se na fervura, sequei-o bem, moldei-lhe um bolo, novamente às chamas, de onde só se livrou cheirando queimado. Nunca tivera ninguém para quem cozinhar. Melhor sorte à pele curtida. Experimentado em trabalhos manuais, juntei-lhe casca de coco, pregos, barbante, nasceu um tambor. Acomodei-o na cama de Lisa. Chuveirada para assistir perfumado ao poente. E aguardar por ela, que retornou somente sob lua.

Dissemo-nos trivialidades. Enquanto se lavava, ansioso pus mesa. Veio à copa exibindo artesanato percussivo que lhe fabricara: gostei; não precisava. Foi simpática, enrubesci. Servimo-nos, segurou riso diante do bolo de carvão, recheado das escamas que me esqueci de limpar, arriscou assim mesmo, amargor salgado, heroísmo engolir aquilo. Igualmente intragável o drinque de café gelado, à falta de outra bebida à altura de um jantar de gala. Desinibida, gargalhou com tanta vontade, espontaneidade e ternura que acabou me divertindo. Recolheu-se no quarto logo após recorrermos às migalhas do fubá e polvilho. Eu à rede, em claro. À espreita que esperança destrancasse a porta, devolvendo-me noite anterior. Mas promessas acendendo e apagando lâmpada do banheiro, forjando passos imaginários no quintal, fantasiando vultos pela cozinha escura, sem que a trouxessem. Madrugada fria que acabou sem batuques.

Delírios febris. *É sempre maio. Avanço datas no calendário, virando folhas que não há, pois outono. Salto casas dos dias, como jogo de amarelinha, mas nunca chego ao céu ou inferno. Da trigésima primeira recaio na inicial, e ainda maio. Não se trata de oceano árido, deserto labiríntico, céu de nevoeiro, mas um mês interminável. Esforço-me para rompê-lo, quebrar seu desencanto, virar-lhe a ampulheta, estou quase tateando junhos, julhos invernais, quando maio me captura outra vez. Ando em círculos. Tento entender abris até janeiros o que me aprisionou aqui. Questiono-me por que almejar meses seguintes. Afinal, reprisarão mesmas fases da lua, trarão manhãs bem mais quentes ou geladas. Alternarão igualmente noites e dias, sem originalidade. Enquanto em maio qualquer um pode nascer e morrer, ganhar e perder emprego, mudar de cidade, aprender coisas novas, viajar ao exterior e retornar saudoso, fazer amizades, escrever um poema, assistir a vários bons filmes. Apaixonar-se. Embora esquecer um grande amor leve mais tempo.*

Desconheço se outros já alcançaram agostos, setembros, além dezembros. Em que ano estão. Ou se terminaram atados feito eu aqui a algum mês que nunca passou. Penso em Ulrica, em qual futuro estaria. Em Bela, que passado a tragou. Não avisto Lisa, disparou apressada ou jamais chegará. Se houvesse um caminho delimitado, bastaria segui-lo e o tempo viria comigo. Mas não foram mares ou falésias que inventaram relógios. Estarão lá para todo o sempre. E quando acabarem, ninguém provará que realmente existiram. Estou em um estúdio, num café, edícula claustrofóbica, numa barca, praia distante, e segue maio. Entretanto envelheço. Cada vez mais cansado. Refém desta armadilha. Se outros meses corressem, restaria esperança, desembocariam nalgum lugar. Desfiladeiro que fosse. Mas maio os represou. Refaço círculos, resignado. Respeito esta inevitabilidade. Há talvez muito conformismo nisso. Ou simplesmente covardia para superar completamente a perda de grande amor.

Barqueiro à minha disposição, pontuais ele e o nascente – longelíneo feito personagem de um filme B do Cinemeiro, extrapolava o enquadramento, atuava abaixo do pescoço, até que cena de beijo, mocinha escalonada, e o ângulo imposto à câmera escancarou todo céu. Saí, Lisa ainda trancada. Soltamos a canoa. Respirei fundo, lá eu de novo às voltas com abissais oceanos. Mas profissional agora ao leme, quebrava marolas que nem pareciam quebra-molas, comprido timoneiro qual mastro de bandeira. Eu tremulando na proa. Escalas intermináveis, cada ilhota. Vilarejos ribeirinhos. De pobrezas paradisíacas. Onde gastei sola, despejado nos atracadouros, mapeando aglomerações de barracos, a desconfiança dos matutos e festa de pirralhos puxando-me camisa, mendigando moedas. Ofereceram-me copo d'água de torneira, onde havia, cachos de caranguejos, preços de ocasião, e nada mais. Meninas encarando-me assustadas, despudor naqueles corpos maltrapilhos, pois ao léu coxas na íntegra, umbigos exibidos, colos desnudos, desejos pulsantes. Mas tanta naturalidade e inocência em exposição confundiam-me, códigos desconhecidos. Talvez, limitado meu método, apropriado às dissimulações dos centros urbanos. Ou então o desaprendera.

Restou-me trapacear. E barqueiro à minha disposição reconduziu-me ao centrinho. Pelos becos, até o bordel. E lá à espera, Falua. Nome de guerra, acrescentou: cliente me deu; se aos barcos dão-se nomes de mulher, tem sua graça o contrário. Ninguém mais no salão, hora imprópria para saciar desejos senão por almoço. Cortejou-me educada, vestidinho de algodão, casa dos vinte. Cortês seria se lhe pagasse bebida. Sem qualquer centavo, fiei na conta do casarão.

Bastante comunicativa, tragou de uma vez sua dose, bebericava da minha: vejo que é tímido; já sofri disso também. Falou então por nós dois. Habituais os quietinhos: chegam de manso, entocam-se nas mesas dos fundos, não tomamos iniciativa e gastam toda noite sem tirar moça; devem sentir culpa. Tipo oposto, os falazes: estes se bandeiam em turma, empavonados, alardeiam tudo o que não são, o que não fizeram, prometem-nos o que não têm e, no quarto, cara a cara com a verdade, peladinhos, viram crianças arrependidas. A profissão ensinou-lhe a escutar: sexo há por aí sem conta, não alguém que nos ouça. E também se expressar: conto minha história; é pobrinha, mas costuma confortar solidão alheia.

Resumia-se a único namorado, seus quatorze anos, residiam no continente. Ritmo de texto bem ensaiado, expôs cronologia, marcos e desilusões de qualquer romance. Ainda não cicatrizara: do início ao fim ele tão honesto, sincero comigo; caso contrário poderia odiá-lo; para raiva existe cura, não para desamor. Terminados, tornava toda noite à pracinha onde vararam juntos tantas luas, dividia-lhe banco de ferro agora seu luto. Até que numa destas, ao pisar o gramado, flagrou-o com outra. De costas não lhe adivinharam presença, mas era somente o banco da praça quem lhe traía. Afinal, vidas seguem, ainda que cada uma ao seu tempo, destinação variada, outras jamais se renovam: só não era mais eu ao lado dele. Tudo que Falua sentira. E não era pouco. Repetiu-se, ou eco do salão vazio: não era mais eu. Até que desembocasse ali, aguardando-me proposta para ter com o pianista. Com quem dividiria logo mais seu banco de praça maculado.

Barqueiro agora à disposição de Falua, navegou-a ao casarão. Troquei-os pela trilha de chão. Antes fiz feira, empenhando todo adiantamento recebido. Em marmitas de alumínio peixada, farofa e arroz já prontas, e um pacotinho de maconha. Enfim jantar decente, e um afago para a moça. Ia eufórico, embora febre teimasse em vir comigo. Sol escaldante não me caiu bem. Pisei a choça já noitinha. Vazia dela. Não havia mais Lisa. Ausente o maço de dinheiro.

A casa, mantive escura. A comida esfriou, intocada. Larguei-me na rede, sem banho. Coco mudo, ninguém que batucasse. Calafrios, friagem noturna. Madrugada entrou licenciosa. Inclusive pela fresta da porta do quarto que não se destrancaria mais. Na cozinha, resistia fantasticamente aroma queimado das desastrosas receitas de carne não vermelha. E ganchos da rede alienados, suportando ainda o peso ausente de uma segunda pessoa. Reflexivas, paredes esforçando-se para compreender restos de pensamentos impenetráveis. Que ainda vagavam pelos arredores da área de serviço na procura aflita pela dona que partira. Tapumes inquiridores: por onde iriam agora; por que não mais juntos. O tempo passou muito depressa. Maio febril. Talvez se equivocassem as paredes, tão materiais. E neste alpendre eles ainda dormiriam abraçados.

Amanhecia quando Lisa ressurgiu, ou outro delírio febril. Sentiu-me a testa, com lenço livrou-me do excesso de suor. Sumiu nas matas detrás da choça, trouxe folhas: meu curso de sobrevivência na selva serviu para algo. Preparou-me chá, sorvi com comprimidos que ela ainda detinha: você precisa tomar menos café; faz muito mal à saúde. Mencionei-lhe a ceia fria e o pacotinho. Sorriu-me, aceitou o segundo, enrolou cigarro, fumou-o absorta velando por mim. Eu entorpecido.

Até que finda a manhã. Reaproximou-se, constatou retrocedida a febre, destinou-me o que restava da cartela de remédios: tome-os com o chá, você vai ficar bem. Enveredou-se pelo interior do casebre, retornou empunhando a bolsa a tiracolo, incluindo coco acústico: agora preciso ir; cuide-se. E tocou-me lábios com lábios. Novamente seu olhar esverdeado tão agradecido. E decidido. Não consegui dizer adeus. Nem: fique comigo.

Crepúsculo daquela sexta-feira quando finalmente aprumei. A casa abandonada. Arrastei-me pelos cômodos, enlanguescido. Depois pelo quintal, areia onde quebram ondas. Então, deparei-me com as falésias. Misteriosas. Atraíam-me. Deixei-me levar. Lua cheia desarmava suas fendas, outros obstáculos mais íngremes, escorreguei certas vezes, ralei joelho, não chegou a sangrar. Percorri-as obstinado, afoito para que me desvendassem. E ao atingir cume relativamente elevado, mirante no rochedo, avistei a luzinha vermelha.

Inalcançável, quilômetros de águas. Boia de sinalização ou barco que nunca chegaria. Acomodei-me na pedra, sem fôlego. Talvez no exato sítio em que Lisa também descansara, nas suas explorações rente à rebentação. E sonhara outros roteiros que tivessem como mesmo ponto de partida aquele pontinho de luz. Quisera eu minha câmera para registrá-lo, primeira tomada do filme, se retornasse na noite seguinte obteria intensidade similar a de agora, lua não esvaziaria tão rapidamente. Súbito, dei-me conta que desejara o dia de amanhã. E chorei. Tanto que raiou outra manhã. Frases de Ulrica rondando-me: até o desamor seguinte, lua minguante, ciclos.

Epílogo

O ETERNO RETORNO

Meses transcorridos. Levaram Capataz, manhã em que desaprendeu despertar. Neta sempre fiel, levou-se com o dono. Diferentemente, deixei-me ficar na choça. Caminhadas matinais, pequenos serviços para o casarão, sustento garantido. Fins de tarde, escalar falésias, câmera ao ombro, do mirante enquadrar boia que, conforme sol se entregava, tornava-se solitário e resistente lume. Não havia ocasos iguais, cada cena registrada era exclusiva. Também me cuidei, recomendação final de Lisa, que jamais revi, embora não tenha conseguido diminuir o café.

Como houve recaídas de minha pneumonia, recorria vez ou outra ao pronto-socorro do vilarejo, recomendaram-me radiografar o pulmão. Único aparelho de raios X do arquipélago em uma casa de repouso, conhecido na ilha como a casa dos loucos, confinado em ilhota distante. Adiei o quanto pude esta viagem. Até que uma crise aguda de falta de ar assustou-me, Barqueiro novamente à minha disposição navegou-me até lá, antigo lazareto, prédio judiado pela maresia.

Exame foi ligeiro. Enfermeira tagarela, deixou-me a par do estado de saúde de cada um dos internos enquanto aguardávamos a revelação das chapas. Chamou-me atenção especialmente um caso que ela relatou envolvendo certa jovem: há anos ela repete diariamente uma mesma história, cada detalhe, não sabemos o quanto real ou inventada; fala de músico mutilado, interesses inescrupulosos, tudo faz pouco sentido; possivelmente enredo de filme que a marcou; no início tornou-se atração por aqui, depois caiu no desinteresse, mesmice.

Indaguei se possível visitá-la. Não criou objeção. Conduziu-me prontamente aos aposentos daquela. No fim do corredor, que atravessava o desespero lacônico de outros enfermos. Deixou-me enfim a sós com a paciente, que me recebeu amistosa. Pijamas, cachinhos loiros, pendia cabeça de forma familiar enquanto falava pausado, sentada de braços cruzados em seu leito, como se eu não existisse. Repetiu-me ali sua famosa e invariável história.

— Também sem sono? Posso subir? Quer ouvir outra vez a história? Jura que não a aborreço? Era domingo, cedinho. Dia de ensaio. Data especial, receberíamos visita importante. Ele já era famoso no meio. Intérprete exímio, desses um a cada geração. Reinventava composições, doses certas de rigor e fantasia. Críticos de joelhos. Espelho para qualquer iniciante. E excêntrico. Recusava-se gravar. Retrucava que música merecia respeito, etérea por natureza, disparate aprisioná-la em discos. Prazer fugaz, deveríamos sorvê-la como um perfume misterioso. Em seus concertos concorridíssimos, chegava ao cúmulo de organizar revistas para assegurar que ninguém portasse gravador escondido. Éramos privilegiados naquela manhã. Presentearia nossa escola com aula-espetáculo, ali onde também iniciara seus estudos poucos anos antes de se tornar lendário, ainda que tão jovem.

— Não sei o que me arrebatou, frágil ou gênio. Talvez já houvesse pré-disposição à entrega. Relacionamento meu que não vinha bem, insegurança quanto à carreira. E naquele concertino ele tocou fitando-me docemente.

— Saíamos com frequência. Reservado, preferia salões fechados em restaurantes, passeios de barco, nunca cinema juntos. Jamais ouvia música, nem a debatia. Seu mundo solitário. Erudito, lia muito, discutia filosofia caloroso, dilemas da alma, a eternidade e a finitude. Encantavam-me seus mistérios. Amávamos insaciáveis, intenso em tudo o que fazia, noites se emendavam, tragou-me neste vórtice. Sabia extrair também dos desejos femininos várias soluções harmônicas. Não prometeu fidelidade, sua impulsividade incontrolável, sublinhou que se eu quisesse acompanhá-lo mesmo assim, me machucaria bastante. Fui fraca ou orgulhosa, aceitei as condições. Então, larguei tudo, não era muito. E ancorei-me numa nau à deriva.

— Nunca permitiu que eu entrasse em sua vida. Compartilhávamos cama, mesa, introspecções, como se eu colocada ali numa montagem. Entrevado, sempre sozinho, emergindo apenas para explosões de desejos carnais, epifanias filosóficas ou apresentações musicais. Experimentou outros casos. Esgotava-os e me procurava novamente. Doía-me sempre. Mas a rigor não o dividia com ninguém, pois ele nunca fora meu. E houve as drogas. Não sei bem se causa ou consequência de seus tormentos. Pediu-me tantas vezes ajuda. Não consegui ou não me permitiu ajudá-lo. A fortuna que não fizera, escorria rapidamente. Escassearam recitais, dívidas crescentes. Afundávamos juntos, contudo. Época em que uma figura sórdida aproximou-se dele. Dono de negócios ilícitos, do ramo pornográfico, enchia-lhe de entorpecentes em troca de contrato que previa uma composição inédita. De quem jamais compusera antes. O homenzinho devia ter calculado o quanto de dinheiro não faria com os direitos autorais de um artista diferenciado que nunca se deixara gravar. Presenteou-lhe com uma casa de praia, onde a paz lhe inspiraria. Arrastei-me com ele até aqui.

— Daí então, tudo foi triste. Acompanhava a tortura de um parto que nunca rebentaria. Ele horas diante do piano, dedilhando encadeamentos que davam nós, esboçavam-se e lhe fugiam. Pedia-lhe que desistisse, voltasse aos autores, seu dom era outro, e soberbo, pior outros sem nenhum. Ralhava, eu nunca entenderia a importância de se tangenciar a eternidade. Se ele incapaz de criar algo, de que valeria o resto. Ele se me amasse, ou se deixasse amar, talvez me desse ouvidos. Recorria ao invés disso ao pó. Sucumbi também naquela masmorra beira-mar. Engravidei. E a cocaína abortou.

— Ele recebia acompanhantes. Capangas do homenzinho as traziam de barco. Com a anuência dele, mas também um conluio para me repelir dali, tida como má influência. Recordo-me em especial um deles. Espionava-me, eu ensaiando como meu cello no alpendre. Talvez me estudasse. Para me propor incorporar o catálogo do tráfico, assim que eu desistisse de continuar me humilhando. Fingi não notá-lo. Guardei-lhe tanto asco, um dia ainda hei de extravasá-lo.

— Houve breve interlúdio. Eu adoecia com frequência, debilitada pelas picadas. Parei de tocar, pois minha música o distraía, voltei-me à pintura. Ele parecia achar um caminho melódico, percorria-o à exaustão, enchendo-o aos poucos de harmonia. Aparentemente mais apaziguado. Pintei-lhe este caminho. Um monte, qual aquele, nossa varanda voltada, metade do sol, uma trilha. Por onde ele seguiria. Libertando-se daquela prisão. Ele sorriu-me ao receber o presente. Perguntou-me se o sol nascia ou se punha. Respondi que se punha, sempre preferi a lua. Depois, porque estava ele sozinho na trilha. Eu não soube lhe responder.

— Por fim vieram as visões. Empacou seu processo criativo, melodia engasgava, harmonia embolada. Cismou que enxergava a solução, depois tanta paisagem em volta o embaralhava. Cheirava algumas carreiras, tornava ao instrumento de olhos bem fechados, nenhum avanço, esmurrava o teclado. Dias assim. Até que uma noite discutíramos sem volta, finalmente tomara coragem em deixá-lo. Ele implorando que não o abandonasse, única esperança dele. Que eu retornasse à tela pintada, desenhasse-me ao seu lado, tinha medo de seguir sozinho aquela trilha. Havíamos extrapolado na cocaína, ele desesperado, culpadas seriam as visões. Quando ele enxergava um caminho entre as notas musicais, imagens vinham e lhe nublavam. Pedia-me que lhe cegasse. Que assim conseguiria compor. Disse-lhe que enlouquecera. Insistiu. Depois, só consigo me lembrar do sangue, eu tentando alcançar a maçaneta, sair em busca de socorro, falhar, e mais nada.

— Meteram-me aqui. Pelo menos prático de me vigiarem. Devem supor que cheguei a registrar os avanços da composição inédita em caderno que trago comigo. Nunca tive ouvido muito bom, havia tantas pequenas variações na música dele. Decerto eu tenha criado outra, ao tentar transcrevê-la. As histórias de duas pessoas que se amaram também são assim, misturam-se, impossível separá-las depois. Não soube mais dele. Não sei se voltarei a querer saber. Preciso retomar meu próprio caminho, rever em que momento desisti dele, por que o fiz. Que sentido fez passar por tudo isso depois que tudo terminou.

— Sou grata a você por tanta paciência, meu Anjo. Ouvir a mesma história tantas vezes. Repeti-la para alguém me ajuda superá-la. Sou ouvinte prestativa, se quiser extravasar suas dores também. Ou se preferir não tocar no passado, podemos trocar esperanças.

— Quanto às minhas, imagino memorável concerto em que sou a solista. Ovacionada após impecável apresentação, recebendo orquídeas tão suntuosas no palco. Tempo terá passado, mas conservo alguma jovialidade. Elegante, trajando carmim, corpo que ainda desperta desejo, cabelos muito mais longos. Estou novamente feliz. Dedicada à minha arte e recompensada. Há também indícios de que voltei a amar alguém, tento identificá-lo na plateia, aplaudindo-me reciprocamente apaixonado. Como futuro me bastaria. E me alenta. Agora acabou, meu Anjo. Estamos cansadas. Precisamos dormir. Acabou.

O Anjo deitou-se, fechou os olhos, esboçava um sorriso. Bela adormecida e fim.

Músicas Incidentais

"AINDA"
Intérprete: Madredeus
1995, EMI

ALFONSINA Y EL MAR (A. Ramírez / F. Luna) Intérprete: Mercedes Sosa CD: "Mujeres Argentinas", 1991 Polygram	WITCHCRAFT (C. Coleman / C. Leigh) Intérprete: Patricia Baber CD: "Live – A Fortnight in France", 2004 Blue Note Records.
"THE JAZZ SOUL OF OSCAR PETERSON" Intérprete: Oscar Peterson 1996 Verve – Polygram (Recorded 1962)	"NERUDA" Intérprete: Luciana Souza 2004 Sunnyside

ECLIPSE
(Ernesto Lecuona)
Intérprete: João Gilberto
CD: "João Gilberto en México", (p) 1974 Polygram

YOU'RE GONNA MAKE ME LONESOME (Bob Dylan) Intérprete: Madeleine Peyroux CD: "Careless Love", 2004, Rounder Records	PERTO DO CORAÇÃO (Nelson Ayres) Intérprete: Nélson Ayres CD: "Perto do Coração", 2003 Atração
"PORTRAIT IN JAZZ" Intérprete: Bill Evans Trio 2002, BMG Brasil (Recorded, 1959)	"ÁGUA E VINHO" Intérprete: Egberto Gismonti (p) 1976 EMI-ODEON Brasil
ADAGIO (Egberto Gismonti) Intérprete: Egberto Gismonti CD: "Egberto Gismonti", (p) 1973 EMI	PASSAREDO (Francis Hime / Chico Buarque) Intérprete: Maogani CD: "Cordas Cruzadas", 2001 Rob Digital

Contato do Autor: filmemudo@uol.com.br